瘋狂為皮，創意為骨，
溫暖為心的童話。
——亞平，兒童文學作家

我最喜歡**阿德**，
因為他幽默風趣。
—— 絃雋，10 歲

很久沒有讀過這麼可愛，
妙不可言的故事。
——舒曼，讀者

真正的天才。
——路易‧史托威爾，作家

我最喜歡阿德和小柳，
他們兩個是**超級好朋友**。
——Nana，9 歲

噢，你們太
可愛啦！

歡迎光臨 瘋狂森林

陌生訪客的陰謀

作繪 **納迪亞・希琳**

譯者 **周怡伶**

主演

阿德

　　一隻可愛的小狐狸。他生長在城市，認為瘋狂森林每樣東西都很讚。興趣是演戲、聞花香，所有感覺很棒的事物他都愛。

小蘭

　　阿德的姐姐。擅長在城市求生，認為瘋狂森林完全是個亂七八糟的地方。她喜歡喝咖啡、嚎叫，還有照顧阿德。

小柳

　　蹦蹦跳跳、有點衝動的兔子。她很熱心又活力滿滿，但是如果你說她長得很可愛，她會把你的臉揍扁喔！

戴德斯

瘋狂森林的市長，一隻善良的老公鹿。擅長烘焙，觀賞跟海豚有關的灑狗血電影時會哭。他希望大家相處時一團和氣。

英格麗

外表光鮮亮麗的鴨子，以前是電影明星。她擁有一家全球連鎖的豪華旅館，但是目前住在一堆老舊的超市購物車上。

法蘭克

脾氣不太好的貓頭鷹，不過私底下他滿喜歡大家的。他的眉毛又粗又濃，晚上會閱讀很難懂的長篇小說，還有聽爵士樂。

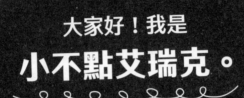

大家好！我是

小不點艾瑞克。

雖然我看起來是一隻不起眼的鼠婦，不過我也是你的忠實朋友和導遊！你好嗎？你是不是換新髮型了？請握著我的小手末端（請輕輕的握，我可不想被弄斷了），我們要進入瘋狂森林的冒險之旅！耶！

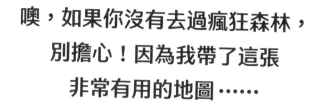

噢，如果你沒有去過瘋狂森林，
別擔心！因為我帶了這張
非常有用的地圖……

噢，不不不！對不起，這些是我包
包裡的東西啦！呃……有沒有誰可
以幫忙一下？我們要找的是一張地
圖。地圖，懂嗎？一張地圖。

神奇塔

小池塘

廢棄的
狐狸窩

超小旅館
只給
螞蟻住

這才對嘛。故事開始嘍！
讓我們腦袋飛高高、讓我
們心頭暖烘烘、讓我們胳
肢窩搔癢癢。出發！

世界上最老的蝴蝶
（用洋芋片包裝袋做的）

第一章
小紅飛越森林

　　瘋狂森林裡，一個寧靜的下午。陽光普照、鳥兒在叫、螞蟻在爬，有一隻松鼠在半空飛來飛去，速度快到危險的程度。

「跳樹！」那隻松鼠大叫，接著撞上一棵樹幹，重重掉在地上。

哨音響起。

「好，大家休息一下！」有一隻貓頭鷹叫道。他是法蘭克，他是瘋狂森林跳樹隊的教練。他的眉毛很大，有些貓頭鷹的眉毛就是這樣。

一隻超級無敵可愛的小兔子，叫做小柳，她端著一個托盤，上面是切好的柳橙，要給跳樹選手吃的。

「大家過來吧！」她大喊。「快來吃水果，好處多多！你會感覺到維他命打進血管裡面喔！我要看到你們更用力去撞那些樹幹，瞭嗎？」

一群暈頭轉向的松鼠搖搖晃晃走向小柳。其中一隻體型碩大、尾巴非常多毛，她叫做小蘭。其實她根本不是松鼠，她是狐狸。

「小柳謝啦。」她含糊不清道了謝，拿了一個手掌分量的柳橙。

　　小蘭是瘋狂森林跳樹隊裡唯一的狐狸，但是
她不在乎。她不像松鼠那樣跳得那麼快，但是她
很強壯，她的尾巴很有力量，能讓她像子彈一樣
彈射到另一棵樹上。小蘭很快就成為瘋狂森林跳
樹隊的明星選手。對於一隻從大城來的邋遢狐狸
來說，這還不賴。

「耶！小蘭加油！」弟弟阿德在旁邊大叫，對姐姐揮手。阿德不擅長跳樹，他比較喜歡演戲、唱歌、寫詩讚美白雲。但是他喜歡看姐姐練習跳樹，尤其還可以同時吃蛋糕。

小不點艾瑞克 的
緊急事實檔案

我猜到你可能想問問題。別怕！
你的朋友艾瑞克可以幫忙。

瘋狂森林是什麼鬼地方？

瘋狂森林在很遠、很遠的地方，天空很大，有很多樹、泥巴和石頭。森林裡味道怪怪的，有很多隨手亂丟的垃圾和老舊的購物推車。森林正中央有一座壞掉的電塔，經常發出奇怪的嗞嗞聲。不過，瘋狂森林很有趣也很棒，而且這個故事的背景就是它，所以你最好習慣一下。

跳樹是啥米？

跳樹是一種森林運動，主要是松鼠在玩的。他們會從很高的樹上跳下來，一邊大叫「跳樹！」然後彈到另一棵樹上，不能碰到地面。必須一直跳、一直跳。這項運動花的時間很長，直到某個隊伍的選手全部都落地，或是所有選手都哭出來為止。

貓頭鷹是什麼東東？

這個問題就複雜了。貓頭鷹是一種大型鳥類，有尖尖硬硬的嘴喙，還有一對大大的翅膀。貓頭鷹的叫聲是「忽——忽——忽——」，頭可以轉動的幅度很大，這看起來很酷、也很奇怪。幾百年來，貓頭鷹都是在葡萄牙的一個家庭式工廠製造出來的。

「天哪，跳樹光是**看**就很累了，對不對？」公鹿戴德斯把一個果醬甜甜圈送進嘴裡。「他們到底哪來的精力？」

「不知道啊。」晃頭說。這隻鼬獾的大手掌握著一壺粉紅色汽水。「老朋友，要不要再來一杯汽水？」

戴德斯是瘋狂森林的市長。他有一雙和藹的大眼睛，頭上的鹿角有許多節，心中滿是愛與善意。他也很喜歡烘焙和觀賞浪漫喜劇。晃頭是一隻鼬獾，他常常開著一輛生鏽的老吉普車橫行瘋狂森林，但是今天他放鬆的坐在戴德斯旁邊，還

有阿德坐在破舊的野餐墊上。

「你有沒有看到我給他們柳橙？」小柳喘著氣跳回野餐墊上。

「當然看到了！」阿德跟小柳擊掌。

「法蘭克說，如果我好好的幹，他就會給我一個更大的徽章。他說，我是他用過最棒的助理教練。」

小柳指著戴在胸前的徽章，上面寫著「**助里叫練**」。

「小柳　，你做得非常好。」戴德斯和藹的說。「噗——噗！噢，對不起。這種粉紅色的汽水會讓我放屁放個不停。噗——噗！又來了。」

　　戴德斯突然連續放屁，讓阿德和小柳笑個不停。

　　法蘭克鼓起胸膛大喊，「跳樹選手集合！」

　　跳樹選手排好隊。

　　「我們這次真的要全力以赴！」法蘭克說。「準備好了嗎？一……二……三……」

「跳～樹～！」

16

一排高高的松樹圍起一片空地，成群松鼠在這個場地的半空中穿梭，天空頓時暗下來。

砰！兩隻松鼠在半空中相撞。其中一隻努力彈向一截枝幹，但是另一隻松鼠直直墜落地面。

啪——咚！小蘭利用她的強力尾巴，在交錯縱橫的枝幹之間彈來彈去，她的手掌腳掌從來沒有碰到地上。她一邊跳樹、一邊笑，想起以前在大城跟狐狸朋友一起奔跑，跳過公車站牌跟屋頂，嘴裡還咬著一包洋芋片。

咚！有一隻興奮過度的松鼠，控制不住的跳出場地外。她叫做小紅。

「噢——喔，」晃頭說。大家抬頭看著小紅飛越天空，就像一枚毛茸茸的火箭。

「她會降落在哪裡呢？」戴德斯好奇的說。

大家都沒說話。

最後，他們聽到一聲……從很遠的地方傳來……憤怒的呱叫。

「噢，幸好，」小柳說。「她降落在小池塘。」

小池塘是很多生物的家，但是其中最主要的是英格麗，一隻位高權重的鴨子。

法蘭克轉頭對著在野餐的動物們。「你們有誰會想挪動一下屁股，去把小紅帶回來嗎？」他問。「每次發生這種事，她都會暈過去。」

「我去！」阿德說著，把背包甩上肩。

「乖孩子。」法蘭克說。他轉頭正要責備戴德斯跟晃頭懶惰，只見他們已經在躺椅上打起瞌睡。

小蘭注意到阿德正往小池塘的方向走去。這

對姐弟剛來到瘋狂森林時，她從來不讓阿德單獨行動。但是現在瘋狂森林是他們的家了，而且小蘭知道弟弟在這片深邃的樹林中，不會出事的。

顯然，如果你翻到下一頁，
就會知道這個故事……
會繼續發展下去！
這些「書」，真是令人驚奇
讚嘆的發明，對不對？

第二章
阿德漫遊奇境

　　阿德踩著歡樂的步伐穿過森林，不禁噗哧笑了出來。自從他和小蘭搬到瘋狂森林之後，從來沒有一刻無聊。如果不是去救受傷的松鼠，就是在幫戴德斯做「大鹿角精力湯」，要不然就是坐上晃頭的吉普車一路震動，或是跟英格麗成立的「瘋狂森林劇團」一起表演。

　　阿德是一隻非常開心的小狐狸，但是（警告──這是個加重語氣的**但是**），他希望能知道自己的爸爸媽媽在哪裡。

從阿德和小蘭還是小狐狸的時候，爸爸媽媽就把他們留在大城的一座公園裡。阿德不知道原因。小蘭從那時候就開始照顧阿德。雖然這兩隻小狐狸已經在瘋狂森林定居，阿德還是會寫信寄回大城的老窩給爸媽，就是想著萬一他們回來的話。

親愛的媽媽爸爸：

　　小蘭愈來愈會跳樹了！法蘭克認為她是「天生好手」。你們還記得市長戴德斯嗎？我在幫他做新配方的大鹿角精力湯。現在我們加了蕁麻葉，嚐起來很噁心，所以在戴德斯不注意時，我可能會加進一些檸檬汽水。

小柳還是我最好的朋友。我們最近的興趣是：

1. 新的舞蹈動作
2. 編雛菊花圈
3. 笑著到處跑來跑去

鴨子英格麗最近很不高興，因為潘蜜拉不小心砸壞她的舞台。你們記得潘蜜拉嗎？就是那隻古怪的老乙，她老是把東西弄壞。總之，現在我們瘋狂劇團暫時不能彩排。唉！

我很想念你們。小蘭表面上沒有說，但是我知道她也想念你們。我現在長得很高了，已經到她的胳肢窩那麼高。我希望你們能看到。如果知道你們長什麼樣子就好了。

也許我們可以擁抱一下！（如果沒有別人在看的時候，小蘭會讓我抱抱她，那種感覺真好。）總之，我得走了，因為小柳想跟我一起去找看起來像臉的扁扁石頭。我又畫了一張地圖，如果你們想來找我們就可以用。

　　我愛你們

　　阿德

　　地圖：

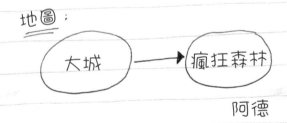

　　　　　　　　　　　　阿德

阿德來到小池塘，英格麗坐在一隻頭暈腦脹的松鼠上面，她們在一灘混濁水池中央的小島上。聽說很久以前，英格麗還是一隻鴨童＊的時候，就已經是很紅的電影明星了。如果有誰問她，她會大叫：「那完全是真的！你不相信是嗎？你膽子好大！」她會用手提袋揍對方，顯示她有多麼生氣。

＊我想應該是叫鴨寶寶才對

25

「去跟那隻貓頭鷹說，把他那可笑的跳樹練習掌控好！」英格麗一邊尖聲說，一邊生氣的拍翅膀。「這隻松鼠降落在我的巢裡，我正在化眼妝呢！現在你看，**成什麼樣子了！**」

「英格麗，對不起。」阿德非常熟練從一個購物車跳到另一個購物車，來到她們所在的位

置。阿德用尾巴扶起小紅，往她嘴裡塞一片柳橙，然後把她放進背包裡。「什麼時候瘋狂森林劇團可以再聚會，我等不及了！我們什麼時候才能開始彩排？」

英格麗誇張的嘆了一口氣，舉起高雅的翅膀扶在眉毛邊。「親愛的，我就是沒辦法找到繼續下去的動力了。自從我們那座美麗的劇場被毀之後。唉！」

「英格麗，我們一定可以蓋出一個新劇場的。」阿德開朗的說。但是英格麗還是嘆氣。

「我已經沒有靈感了，」她說。「一個演員沒有靈感，那還有什麼好說的？不會呱呱叫的鴨子算什麼鳥？噢！我好絕望，我真的好——絕——望！」

說完，她往雙眼貼上一副絲綢面具，划水回到她的閨房了。

「再見囉！」阿德說。他精神飽滿的走進森

林，小紅穩穩塞在背包裡，阿德聞聞空氣中那股不時出現的臭酸味，跳過幾個廢棄輪胎，沒多久就來到兔兔村。這個小村莊裡到處都是牛。不是啦，別鬧了，到處都是兔子才對。整個兔兔村裡有好幾百隻兔子，到處跳來跳去。

「嗨，阿德！」大約有五十隻兔子異口同聲打招呼。

「嗨嗨！」阿德說。他注意到一大疊凹凹扁扁的灰色床墊，兔子們爬到一棵高聳松樹的枝幹上，把樹枝當作跳水板，然後⋯⋯咚，降落在床墊上。看起來很好玩的樣子。

「一定是『倫類』把這些丟在這裡的。」阿泰叫道。阿德認識他，因為阿泰是小柳的147個兄弟之一。「很好玩耶！」阿泰拉拉短褲、抹抹鼻子，又爬上樹去了。

阿德笑了，繼續穿過瘋狂森林。但是，四周愈來愈多樹，他開始覺得有點⋯⋯呃，也不是

怕啦，只是突然一切都變得好暗。而且，除了背
包裡有一隻昏睡的松鼠之外，阿德突然覺得有點
太孤單了。

所以，他開始對自己唱歌，這就是阿德會做的事。

跳跳跳進森林裡
這裡友善又美麗
沒有什麼會想咬或抓
我這隻小狐狸

大樹漂亮又茂盛
現在天色暗暗的
沒有什麼會抓我
不然我就大喊啊啊啊

昏暗中有個聲音傳來，「唱得真好啊！」

「啊啊啊！」阿德尖叫，轉頭就跑，但是直接撞上一棵樹幹。他坐起來、揉揉鼻子。

「誰……是誰？」他低聲哀叫，「是法蘭克嗎？小蘭？小蘭！」

他聽到附近有樹葉窸窣聲。

「不要怕，小傢伙，」那個聲音說，「我不會傷害你的」。

接著阿德看到某個東西在動，高高的影子，有一雙尖尖的大耳朵，而且他看到一道銀光，一下子就不見了。

「你……你是誰？」阿德對著暗影輕聲說。

某個東西抓住了他的尾巴。

第三章
那道影子

　　阿德的尾巴被抓住，他高聲大叫，「放我下來，**放我下來**！」

　　不知道是誰抓住阿德的尾巴，總之阿德被放下來了，**砰！**他重重落在地上，讓他非常頭暈。

　　阿德小心站起來，同時瞪著那個高高的陌生怪客，只能看到一雙非常尖的耳朵、鼻吻、還有多毛的大尾巴……

　　「你是狐狸！」阿德驚叫。

那個神祕形體迅速退回陰影裡。

「告訴我，小傢伙，」那個聲音很沉穩，「我們在哪裡？」

阿德迷惑了。

「呃……瘋狂森林。」阿德說。

「噢，對，瘋狂森林！跟我想的一樣。」那個聲音說。

「你是誰？」阿德問。既然沒有被吃掉，他覺得比較勇敢一點了。

「我嗎？我誰也不是。」那個聲音笑了。「告訴我，在你們的……瘋狂森林，那個大金屬塔，到底是什麼？」

「噢，那是神奇塔。」阿德說，「在大城，我們叫它『高壓電塔』。但是神奇塔不太一

樣，它壞掉了，因為它的電線都鬆脫了，而且一直發出嗞嗞聲。而且你絕對不應該嚼電線，因為那樣很危險，會死掉。不過，潘蜜拉還是那樣做。不過，潘蜜拉本身就很危險。」

「潘蜜拉？」那個神祕怪客說。

「是啊，她是一隻老鷹，住在神奇塔。她在上面有一個很大的巢。她在瘋狂森林主持一個廣播節目。你聽過嗎？」阿德說。

「沒聽過。」那個聲音回答。

「噢，那個節目很不錯喔，」阿德說，「大家會打電話進去跟她說自己的意見，她會說你們都錯了，然後她就會放音樂。很有趣的！」

「我會聽聽看。」那個聲音說，「所以……

這個『神奇塔』，會送出電力是嗎？」

阿德搔搔自己的鼻吻。「我想是吧⋯⋯它會送出某種東西吧。我想那種東西讓兔子比較會蹦來蹦去、讓松鼠比較會跳樹，讓瘋狂森林比較臭⋯⋯。」

「嗯，」神祕怪客想了一下，「所以，它會送出很多電力？」

阿德點點頭。「噢，對啊，我想是這樣沒錯。它的威力超級無敵強。」

「真是驚奇，」那個聲音說，「我得去看看神奇塔。」

「噢，那就難了！」阿德說，「潘蜜拉不讓任何陌生動物靠近神奇塔。」

「不然呢？」那個聲音問。

「呃，」阿德說，「不然她可能會把你的頭咬掉。她已經這樣做過很多次了。很血腥的！」

「天哪。」

「對啊，如果不認識她的話，她還滿可怕的。」阿德說，「其實就算認識她，她還是很可怕。」

「是喔。」

阿德突然覺得有點緊張。這一切好像有點⋯⋯奇怪。

「我想我該走了。」他囁嚅的說。「我其實不能跟陌生人講話的。而且我姐姐會擔心我到哪裡去了。」

「當然。好。沒問題。」那個聲音說。「再見了，小狐狸。」

「噢，那你是不是一隻大狐狸呢？拜託告訴我，說一句就好了，拜託──」阿德懇求。他突然好想看看那個神祕怪客，所以往前爬了幾步，但是被幾道樹根絆倒，又摔跤了。

他抬頭看的時候，神祕怪客已經不見了。

阿德揉揉眼睛。他碰到一隻活生生的真正的大狐狸了？那是真的嗎？

「噢，沒錯。」
松鼠小紅在阿德
的背包裡說。
她已經醒過
來了，而
且正在吃一
包起司口味的
乖乖。「那是真的。」

天空突然暗下來，而且頭頂傳來可怕的巨響，像打雷那樣。

啪──啪──啪──啪──！

阿德和小紅摀住耳朵、緊閉雙眼，因為有一股強風吹過來。

噗！噢，不是那種風啦，抱歉。

大樹猛烈搖晃，草和葉貼平地面。

「這……這是怎麼回事？！」阿德大喊。

啪——啪——啪——啪——

幾秒鐘之後，噪音消散，風也停止，樹林不再搖晃。阿德拍拍身上的灰塵。

「哇，想不到！」他說，「我剛剛碰到另外一隻狐狸！是活生生的真的狐狸！」

小紅安穩的裝在背包裡，阿德像一隻迅捷的豹，飛快跑回去告訴其他動物。

阿德回來的時候，小蘭跟其他跳樹隊員已經結束練習。現在他們要做松鼠瑜珈，還要喝大鹿角精力湯。

「怎麼去了那麼久？」小蘭叫道。

小紅爬出阿德的背包，還緊抓著起司乖乖。

「你一定不會相信的，」她細聲叫，正要告訴大家剛才發生什麼事，但是因為吃了太多起司乖乖，所以昏過去了。

「我想我看到一隻狐狸了！」阿德喘著氣說。「一隻很大的狐狸！」

小蘭看來很擔心，把阿德抓過來仔細檢查他的皮毛和耳朵。「那隻狐狸有沒有傷害你？」她問，「如果他傷害你，我會立刻要他完蛋。」

阿德搖搖頭。「沒有，姐姐，他沒有傷害我。呃，他抓住我的尾巴一下子，但是還好啦。」

小柳的毛茸茸兔掌握成小拳頭。「我一定要揍扁他！」她大叫。

「拜託！」阿德喊著，「我沒事，你們不用去打架啦。他是一隻高大的成年狐狸，而且他的味道很好，就像舊書或是蘋果酥的味道。」

小蘭皺眉。她看向戴德斯。「怎麼樣？你知道這傢伙是誰嗎？」

戴德斯聳聳肩。「老實說，親愛的，我跟你一樣一頭霧水！霧水、霧水、一頭霧水。」

小蘭很不高興，「你說過，你不知道有其他狐狸。」

「沒錯，我是不知道啊，」戴德斯回答，「但是在瘋狂森林之外，誰知道呢？我想，有其他狐狸，也不是不可能吧。」

阿德急得跳上跳下。

「戴德斯，那會是在哪裡呢？」阿德問，「如果附近其他地方住著狐狸，那麼……」

「那麼，怎樣？」戴德斯看起來突然有點擔心。

「也許……也許他們會認識我爸爸媽媽。」阿德小聲說。

小蘭沒有說什麼，只看著自己的腳。

「噢，阿德，」戴德斯輕輕嘆氣。「我不知道你到底看到什麼。不過，你似乎撞得不輕呢。」

阿德摸摸頭上，摸到一塊隆起，就在他右眼上。

「戴德斯，我可不是憑空想像，」阿德抗議說，「問小紅就知道了。整個過程她都聽到了，對不對，小紅？」

但小紅還是臉朝下趴在一堆樹葉上，大聲打呼，根本派不上用場。

阿德和小蘭拖著腳步回到窩裡。阿德一邊唉，一邊揉著頭上撞到的包。

「噢拜託，不要再唉了，」小蘭說，「又沒

怎樣，只是撞到頭而已不是嗎？」

阿德還是在唉。

小蘭嘆了一口氣。她很強悍，但是她也是個好姐姐。進窩裡之後，她把阿德送上床，泡了一杯熱巧克力，把阿德從小就喜歡抱抱的心愛舊拖鞋拿給他，那是他們從大城的窩裡帶過來的少數東西。

阿德把頭埋進心愛拖鞋裡，小蘭在他身邊安靜坐著。

過了一陣子，阿德抽抽噎噎說，「起先我以為……我以為那可能是爸爸。」

小蘭摸摸阿德的頭。

「我從來沒有看過成年的狐狸。」阿德說。

過了好一陣子，小蘭都沒有說什麼。

最後她說，「阿德，其實，我已經不太記得爸媽長什麼樣子了。這很難過，但是……我把你照顧得還不錯，不是嗎？我們不需要別人。」

阿德雙手環抱著心愛拖鞋。

「你想，他們會不會在某個地方？」阿德問。

「我不知道。」小蘭嘆了一口氣。

「也許他們在找我們？」阿德懷抱希望問。

「我不知道。」

「你想他們會不會只是⋯⋯只是忘記我們了？」

小蘭轉頭面對阿德。「不會的。如果他們不能來我們身邊，那是因為⋯⋯因為有什麼事阻擋。但是阿德，他們不會故意丟下我們的。這一點，我是打從骨頭裡清楚得很。」

各位，這段對話太令人難過了。請遞給我一條手帕，要大條的。
嗚嗚嗚⋯⋯
現在可不可以來點快樂的事啊？

歡樂的中場表演

這個時候，小柳一路蹦蹦跳跳回家。她跳了一下迪斯可，吃了很多奶油麵包，泡了澡，然後去睡覺，做夢夢到海鸚。喲呼！

歡樂的中場表演
結束

第四章
掉到地上的烏鴉

半夜，瘋狂森林漆黑天空中散布著閃耀的星星。四周一片寂靜。

阿德裹著毛毯坐在外面，身邊是他的筆記本、鉛筆、一罐熱茶，還有一個用衛生紙捲筒及膠帶黏成的長筒。他拿起這個不牢靠的長筒，用它來看天空。

北斗七星

「喂!」小蘭叫著,「你用那些紙捲筒做什麼啊?」

「這是我的新望遠鏡,」阿德自豪的說,「我在觀星。」

小蘭皺眉看看天空。她還是不太喜歡那些星星。在大城,因為廢氣跟塵霾,看不到什麼星星。而且她擔心星星會從天上掉下來,砸中她的頭。但是她只把這個擔憂放在心裡。小蘭喜歡自己看起來總是很強悍,絕對不是那種怕星星會掉下來的樣子。

雞塊座

迴紋針座

「噢，你看！」阿德指著天空。「那
是北斗七星……那是……雞塊座……
那是迴紋針座。」

「那個東西，讓我用一下。」小蘭指
的是阿德的紙筒望遠鏡。

阿德把紙筒交給她。

小蘭透過紙筒看，瞬間說不出話來。
她不得不承認，星星還真是挺美的。

「不管你是誰，不管你住在哪裡，我
們都看著同樣的星星，」阿德像做夢似的
說。「我喜歡這樣想。」

但是小蘭沒有回答。她被一個特別亮的星星吸引住了。那顆星非常明亮，亮到好像在閃。而且那顆星好像會動。

「阿德，你看那顆星。」小蘭說。

阿德瞇起眼睛看。

「哇！」他大叫。「是流星！」

「而且它正在往這裡衝過來。」小蘭說。她的毛都豎起來了。

這顆神祕的發光球體，確實愈來愈近，而且愈來愈快。事實上……它正要撞上瘋狂森林！

我的天哪！

「啊！」阿德大叫。

小蘭想都沒想就用尾巴把弟弟裹起來，把他撲倒在地上。

一聲巨大的「**砰**」。

天空亮起來一下下，接著又陷入黑暗。鴉雀無聲。幾秒之後，小蘭立刻站起來。

接著是一陣噪音。聽起來是模糊不清的叫聲。

「在那裡，」她大喊，「我們走！」

她銜住阿德的後頸，拖著他跑向聲音來源。

「但——但是，小蘭，」阿德不像姐姐那麼勇敢，「我們不知道那是誰。或者說，那是什麼！如果是**不友善**的東西呢？」

小蘭沒有停下來回答。他們一路衝進森林，跳過倒木和茂密的矮樹叢。

他們又聽到吵雜聲，這次更大聲了。

「……噢嘎！」

「……噢嘎！！」

阿德和小蘭看著周圍黑暗一片。

「哈囉？」小蘭大喊。

「噢──嘎──！」

阿德和小蘭吃了一驚。這聲「噢嘎」，姐弟倆到哪裡都認得出來。

「是趴踢烏鴉夏倫！」他們同時說。夏倫聽到自己的名字，勉強提起一支螢光棒揮一揮。

阿德和小蘭是在大城認識趴踢烏鴉夏倫，她是趴踢高手，任何時刻、任何地點都能辦出派對。

夏倫曾經在「馬上來炸雞店」垃圾場辦了一場狂歡會，久久不散，有隻鴿子甚至都長出鬍鬚了。夏倫能用嘴喙一次拉十二個響炮＊。

52

***安全衛生**大師
艾瑞克來了！
請不要這樣做，因為
你可能會死掉。

還有一次，夏倫發起「接龍舞」，隊伍長到北極圈。沒有誰比夏倫更會尋歡作樂，但是現在她卻頭上腳下卡在一棵山毛櫸的枝幹上。

　　阿德和小蘭趕到夏倫附近。「趴踢時間……有麻煩了！」夏倫嘎嘎叫。

　　阿德解下自己脖子上的圍巾。

　　「夏倫！」他大喊，「是我阿德！大城那隻小狐狸，你還記得嗎？」

　　夏倫點點頭，吹了吹小笛子，聽起來很淒涼。

　　「我丟圍巾過去，你要抓住，好嗎？」阿德說。

　　阿德把圍巾在頭上繞了幾圈，然後抓住一端拋向夏倫，她勉強用喙接住。小蘭和阿德輕輕把夏倫從糾結的枝幹之間拖開，在她掉下來時接住她。整個過程中，夏倫悲傷的吹著小笛子。

　　「我在哪裡？噢嘎！」夏倫說。

「瘋狂森林，」小蘭說。「你怎麼從大城來到這裡的？好幾公里遠哪！」

夏倫調整了一下亮片派對帽。她嘴喙上有亮片、羽毛上有亮片、腳上有亮片，基本上就是很多很多亮片。

「我去閃光森林參加一個超大派對！他們把我從一個亮片大砲射出去，我就在這裡了。我不知道是怎麼回事。所以，我們跳舞吧！噢嘎！」

「什麼閃光森林？！！」阿德眼睛睜大。

「你們竟然不知道閃光森林？」夏倫說。

「不知道！」阿德和小蘭說。

「閃光森林啊，那地方太棒了！看起來就跟這裡一樣，但是更好。而且沒有一股臭內褲的味道。住在那裡的，男的帥、女的美，而且聞起來都好香。噢嘎！現在，來跳機器人舞吧！」夏倫開始跳起霹靂舞。

阿德一雙明亮大眼看著小蘭。

「小蘭！你聽到了嗎？閃光森林！附近真的有別的地方！也許那隻神祕狐狸就是從那裡來的？」

小蘭一陣興奮。以前在大城時，她是個天生的探險家。但是搬到瘋狂森林之後，她不再到處遊蕩，但是她得承認自己確實有點想念探險。

「夏倫，」阿德說，「這個閃光森林在哪裡？」

夏倫搔搔嘴喙，更多亮片掉在地上。「嗯，我得好好想想。都記不清楚了……我記得長禮車……一架私人飛機。有一隻帥氣的猴子叫做狄亞哥……他餵給我吃發酵餅，而且還說我很漂亮。還有什麼？還有什麼？噢，實在是一團模糊。有一度我好像把一隻雞的眉毛刮掉了，她叫瑪莉。噢，還有聖誕燈！很多很多聖誕燈，啦，啦，啦──」

「真糟糕。」阿德說。

小蘭看著夏倫，她搖搖晃晃的撒了好多亮片到地上。

　　「我想我知道要怎麼找到閃光森林了。」小蘭燦笑。

第五章
跳過沼澤

神奇塔頂端，潘蜜拉坐在她的巢裡。她調整了一下夜視鏡。

「哈！」她嘎嘎叫，「我終於有一副鷹眼了！」

這句話很怪，因為她本來就是一隻老鷹。

潘蜜拉把玩巢中的收藏品，有舊電線、手機、收音機等等。她找出一個生鏽的無線電通話機，按下按鈕，機器發出吱吱聲，開通了。

「潘蜜拉探員回報任務，」她嘎嘎叫，「沒有偵測到外星生物。晚餐是義式千層麵。很好吃。報告結束。」

她繼續掃描空中，希望能看到不尋常的事物。

接著她看到趴踢烏鴉夏倫的閃光，撞進瘋狂森林。

「入侵者！」她大叫。潘蜜拉調整了夜視鏡，看到阿德和小蘭跑去把夏倫從樹上救下來。

「嗯，這兩個毛孩子看起來並不驚慌，」她說，「這就有趣了。」

接著她又翻找出一個看起來很複雜的無線電

裝備，並且帶上耳機。潘蜜拉早已在瘋狂森林裡到處安裝了麥克風，所以她可以清楚聽到阿德、小蘭和夏倫的對話。

「趴踢烏鴉？亮片大砲？」她驚呼，「我要立刻跟這隻鳥見面才行。」

睡了一下、吃過早餐，而且在一個空奶油碟裡洗過澡之後（至少夏倫能在裡面洗），阿德和小蘭出發去找閃光森林。

阿德跑在姐姐身後，盡量跟上她的腳步。夏倫坐在阿德的背包裡，每幾秒鐘就吹響小笛子。

「小蘭，我們要往哪裡去呢？」阿德喘著氣。

小蘭指著地上，「我們跟著亮片的痕跡。」

阿德往下一看，看到一道五彩繽紛發光的路線。原來是夏倫被發射到半空時，從她身上掉下

來的亮片。

「喂！」聲音從一朵大蘑菇後面傳來，「你們怎麼可以不帶我一起去？」

是小柳。她的膝蓋以下埋在「宇宙果」裡，那是她最喜歡吃的森林零食（就算會讓她控制不住的放屁）。阿德很快把事情說了一遍，所以別擔心，我們不會再重複一遍的。

亮片帶他們穿過兔兔村。他們停下來，看著好幾百隻小兔子從大樹頂端跳到床墊上。

「好久好久沒有這麼令人興奮的事情了。」小柳說。「嗯，至少自從我們用垃圾桶蓋接成滑水道之後。」

「你們看。」阿德指著前方的亮片路線。

大家看過去，全都開始哀嚎──這道亮片直接通往絕望沼澤。

絕望沼澤是個可怕的臭沼澤，位在瘋狂森林邊緣。不可能過得去，因為只要一踏進去就會被吸進黏稠的泥巴裡。小蘭曾經掉進去一次，差點就淹死。

　　夏倫的亮片跟沼澤裡的泥巴混在一起。

　　「看，這裡變成迪斯可泥巴舞池了！」阿德叫道。

　　「是啊，如果掉進去，我們還是會死掉的。」小蘭說。

　　「啊哈！」小柳跳上跳下叫著。「我有辦法，我有辦法！我們可以利用床墊！把床墊疊得高高的，然後跳過一個一個床墊，就可以渡過這個臭沼澤了！」

　　「很棒的點子！」阿德說著，雙腳跳來跳去。

　　小蘭搔搔鼻吻，好一陣子才說，「你的計畫不能說是完全沒有用。我們可以利用那些床墊，當作踏腳石。」

「但是那些床墊看起來好重啊，而且上面都是兔子。」阿德說。

「我知道有誰可以幫忙。」小蘭燦笑。

是誰呢？難道是……
我嗎？！噢，天哪，
我還沒梳頭髮呢。

鼬獾晃頭催動引擎。他後面是一條很長的粗繩索，綁住一大疊床墊。床墊四周有數不盡的小兔子，個個興奮不已，一起扶著床墊，看起來好像一綑毛茸茸的橡皮筋，真是壯觀。

晃頭按按喇叭。

小柳站在所有兔子的上方，手裡拿著擴音器。

「耳朵收好，不要往下看！」她大喊。

接著她對晃頭豎起大拇指。

吉普車的車輪在泥土中打滑。

「用力推！」小柳大喊，「加油！推！推！推！」

幾千隻小兔掌，七手八腳的推，這堆床墊真的慢慢開始移動了。

阿德和小蘭坐在吉普車後座，看著後方。那堆兔子掛在一疊床墊上，加起來有一座房子那麼大，慢慢的被拖過樹林。兔子們開始興奮的尖叫歡呼。

　　「快一點！」他們叫道，「再快一點！」

　　「我不敢看了！」阿德臉埋在掌中喃喃說著，「這樣一定會受傷的！」

　　他們很快就來到絕望沼澤。

　　兔子們鬆開繩子，然後紛紛跳下來，一邊歡呼著。

　　「太好玩了！」小柳的 276 個兄弟姐妹之一

請誰去通知一下安全衛生專員？這太誇張了，等一下，我就是安全衛生專員嗎？噢，糟糕……

的阿傑說，「再來一次，再來一次！」

小柳站在晃頭的吉普車車廂蓋上。

「大家聽好，現在，把這疊床墊一個一個拖進這個可怕的沼澤裡，要用力拖！」她大叫。

「耶！！！」兔子紛紛歡呼，他們什麼事都願意做。

這些床墊很快就浮在沼澤表面，就像巨大的棉花糖，漂浮在閃著亮片的熱巧克力海洋上。

小蘭跳上離她最近的床墊，床墊搖晃了一下，而且還沉下去一點，然後就穩住了。小蘭笑著抬頭看。

「成功了！」她叫道，「快上來吧！」

這時，一聲「啪嚓」，一陣混亂中，老鷹潘蜜拉從天而降。

小柳對她燦笑，跟她擊掌。

「潘蜜拉，怎麼樣？」她問，「廣播節目很不錯喔！」

　　潘蜜拉降落在晃頭的吉普車。她的頭快速轉動，四下掃視尋找某個東西。最後她指著趴踢烏鴉夏倫，她正乖乖的坐在阿德的背包裡。

　　「我是來找你的。」潘蜜拉說。

　　「噢嘎！」夏倫興奮大叫。

　　「夏倫，這是潘蜜拉。」小柳說。「潘蜜拉，這是夏倫。你們倆都是……都很……奇怪。」

「你喜歡爆炸嗎？」潘蜜拉問。

「我愛死爆炸了！」夏倫叫著。「你喜歡派對嗎？」

「我愛死派對了！」潘蜜拉大叫。

兩隻鳥看著對方的時候，大家都感受到天雷勾動地火。

「加入我吧，」潘蜜拉說，「我們會成為很好的朋友，我們會統治整個世界！」

夏倫點點頭，吹響她的小笛子，往老鷹那邊跳起霹靂舞步，接著兩隻鳥尖聲嘎嘎叫，拍動翅膀好一陣子，然後一躍振翅飛回神奇塔。

「一段非常危險的友誼，剛剛形成。」小柳嘆氣。

「再見了，夏倫。」阿德凝視著天空中兩個黑點。

「喂！別理那兩隻瘋鳥了。往這裡走！」小蘭已經渡過沼澤的一半了。

他們像乒乓球那樣咚咚咚跳過一個接一個床墊，很小心不要掉進泥巴裡。

小柳抬頭，看到她腳下的床墊碰到長草的岸邊。原來他們已經順利渡過沼澤了。她一翻跟斗，上了岸。

「我真是天才，」她唱著，「超——級天才！」

「噓！」小蘭發出噓聲。「不知道是誰住在這裡，可能不是超級友善的好嗎？保持安靜。」

大家蹲在草叢後。

「現在怎麼辦？」阿德問。

「聽聽動靜。」小蘭悄聲說。

他們努力聽。小柳咬牙切齒，試著把她的耳朵再弄得更長一點。

不久，他們聽到微弱的聲音：音樂、交談聲，還有一些輕微的叮鈴叮鈴聲。然後是一陣熟悉的香味……

小蘭和阿德的尾巴立刻豎起來。

絕對不可能弄錯的。

「熱狗!」他們完全忘記要保持安靜了。

「呃,阿德,」小柳說,「你的眼睛怎麼怪怪的。還有,為什麼你在流口水?」

阿德抓住小柳的肩膀。「熱狗,」他喘著說,「熱——狗——」

「好——啦!」小柳後退一步。

「快,」小蘭說著趴到地上,「大家趴低。」然後她開始像士兵那樣用膝蓋和手肘爬行,阿德和小柳模仿她的動作。

小柳嘻嘻笑。

「怎麼了?」阿德小聲說。

「我看到你的屁股了。」小柳說。

阿德也嘻嘻笑。

他們肚皮貼地,爬過茂密又昏暗的樹林,每隔一陣子就會看到不常見的東西,像是:

1. 一些已經拉過的派對響炮

2. 扮裝用的天使翅膀，已經扭曲變形了

3. 高禮帽

4. 硬紙盒，上面的文字是「威柏第的炸豆泥球」

5. 小丑帽及雜耍球

　　小蘭聞聞空氣。炒洋蔥的味道愈來愈強。音樂和談話聲也愈來愈大。

　　「你們三個，」小蘭小聲說，「不要發出任何聲音，也不要突然動作，知道嗎？」

「知道。」小柳回答。

「瞭。」晃頭小聲說。

「熱——狗——！」阿德大叫。

「阿德，不可以！」小蘭喊，但是太遲了，阿德已經站在一台閃亮的餐車旁邊，喘個不停。餐車櫃檯後面，有一隻戴著棒球帽的鼬鼠睜大眼睛看著阿德，一臉不解。

「要點什麼嗎？」那隻鼬鼠問。

「熱狗加芥末跟番茄醬雙份洋蔥謝謝！」阿德脫口而出，舌頭伸到嘴巴外面。

鼬鼠準備熱狗時，阿德的呼吸緩下來了。他漸漸想起來：

1. 他是誰
2. 他在哪裡
3. 小蘭要他不可以發出聲音、也不能突然動作

4. 他剛剛已經發出很多聲音，也突然動了
5. 小蘭現在站在旁邊大吼

「噢，糟糕！」阿德重重拍打前額。「我又來了！」

你們都知道，阿德已經不是第一次因為**熱狗**而闖禍了。

「對不起，小蘭。」阿德囁嚅，「我忍不住！」
「你的餐點好了。」那隻鼬鼠遞出熱狗。

「我們沒有錢。」小蘭脫口而出。

那隻鼬鼠呵呵笑。

「不用給錢啊，親愛的。」她和藹的說，「這裡是閃光森林！每樣東西都是免費的。來，我再做給你。」

阿德兩口就吃掉他那份熱狗，十分滿足的回味著。

那隻鼬鼠又遞出更多熱狗，這次輪到小柳、晃頭跟小蘭，他們埋頭猛吃。

「這裡是閃光森林嗎？」小蘭問。

「當然啊！」那隻鼬鼠說。「誰要柳橙汽水？」

「天啊，」晃頭說，「這簡直太美妙了！」

那隻鼬鼠遞出四杯柳橙汽水，每一杯都有冰塊和吸管。他們一口氣把飲料喝光了。

「好，現在是打嗝比賽。」小柳宣布。「預備，瞄準，**發射！**」

「嗝！」「喀！」
「呃！」「噁！」

「你們很幼稚耶！」小蘭說。他們在草地上一邊滾、一邊拼命打嗝，就連小蘭也忍不住咯咯笑。

突然，有個高大形體籠罩在他們上方，把陽光擋住了。

「哎呀呀，」他說，「看看這些是誰呢？」

阿德吃了一驚。

因為，那是一隻狐狸。一隻又高又帥的狐狸，身上有一道閃閃發光的銀毛，穿著一件高尚的毛呢西裝外套，眼神精光閃閃。他的尾巴茂密而華麗，不像阿德和小蘭那樣亂亂粗粗的。

「讓我自我介紹一下，」那隻狐狸說，「銀狐薩貝勳，閃光森林的市長。那麼，你們到底是誰？」

第六章
有如仙境的閃光森林

　　晃頭是一隻有教養的鼬獾，所以他立刻站起來，拍拍身上的灰塵。

　　「威格索普・巴靈頓・馬力歐・辛克萊，不過大家都叫我晃頭。非常榮幸認識您！」

　　他握住銀狐薩貝勳的手，猛力的上下擺動。

　　「很高興認識你。」薩巴勳輕輕把手臂抽回來。

阿德的嘴巴張得大大的。

「是你！」阿德說，「你就是他！我見過你，就在昨天！」

銀狐薩貝勳低頭看阿德，皺起眉頭，接著很快露出燦笑。

「噢，對！」他說，「你想辦法找到閃光森林了？從你所住的那個有趣的小地方，一路來到這裡。真是太好了。」

小柳擠到薩貝勳面前，伸出短短胖胖的手掌。

「我是小柳，」她說，「我很酷而且我很聰明，但是絕對不要說我可愛好嗎？」

薩貝勳笑了，微微一鞠躬。「真是做夢也想不到。」他說，「再提醒我一下，你們那個小地方叫什麼？狂風森林是嗎？」

「瘋狂森林。」晃頭說。

「我們就在你們隔壁呀！」小柳說，「我們

之間一直隔著絕望沼澤。但是幸好我想出一個超棒的點子，所以我們才能跳過沼澤！對啦，就是我。」她自豪的笑著。

　　銀狐薩貝勳沉默了一下，接著他說：「我瞭解了。確實『就是你』小兔子。我呀，一直都不知道那裡是可以住的！總之，讓我帶你們參觀一下寒舍吧。」

　　他帶領大家穿過一叢樹木，來到一片青翠河岸，走上寧靜的步道。薩貝勳走路時，閃亮的尾巴擺動，身上那道銀毛在陽光下閃耀，看起來非常酷炫。

　　「歡迎來到閃光森林！」薩貝勳張開雙臂。

　　阿德、小蘭、小柳、晃頭全都站在那裡瞪大眼睛。太漂亮了。他們看到一片翠綠的田野，草地上有野花點綴，田野一端有個裝飾著七彩三角旗的白色大帳篷，另一端是一隻長竿，掛著許多五彩繽紛的彩帶。中央是一個小型營火，周圍有

木製蘑菇凳、一截截木頭、野餐桌。樹木之間垂掛著小燈泡串，小蠟燭在燈籠裡閃爍。放眼望去，到處都有毛色閃亮、眼神散發光采的動物在吃吃喝喝、唱歌跳舞、歡樂笑鬧。

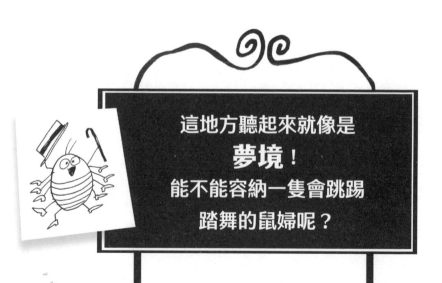

這地方聽起來就像是
夢境！
能不能容納一隻會跳踢踏舞的鼠婦呢？

「哇——哇——哇！」阿德在原地蹦蹦跳跳。

一棵大橡樹下散落著毯子跟懶骨頭，動物們或躺或坐在上面，一邊打瞌睡或喝飲料，一邊按摩手掌、腳掌。蝴蝶到處飛舞，彼此說說笑笑。一切簡直是太完美了。

有一隻大兔子穿著細緻的洋裝，站在營火附近的小舞台上彈吉他。她四周圍繞著一小群動物，聽她唱歌時一邊揮舞手掌。

「那是艾努絲卡，」薩貝勳讚嘆，「她非常有才華。我們這裡每天都有音樂會的。」

「哇！」阿德和小柳驚呼。

「那邊還有一個小劇院，那可真

是精采極了。」薩貝勳說。「我猜你們也有劇院吧？」

阿德和小柳有點緊張，看看彼此。

「嗯，」阿德說，「算是有啦。」

「你們在這裡住多久了？」小蘭問。

「噢，很久很久了，」銀狐薩貝勳說。「好幾世紀以前的老地圖上就有閃光森林了。」

小蘭哼了一聲。「難道老地圖上沒有瘋狂森林嗎？」

薩貝勳轉身正對小蘭，嘴唇邊泛起一抹奇異的微笑。看起來好像是友善，但又好像不是。小蘭可不是傻瓜，她看過那種微笑。

「據我所知，沒有。」他說，「但是小姐，我可以再確認一次。我真的以為那裡只是……一片荒地。垃圾、髒亂、什麼都沒有。竟然有動物真的把那裡當成家，我實在非常震驚。」

小蘭皺起眉頭。

小柳在他們之間跳來跳去，拉拉薩貝勳的西裝下擺。

　　「還有嗎、還有嗎？」她尖叫著說，「請帶我們去看！我簡直快瘋了！」

　　薩貝勳笑了，「當然！你們一定要來看看水晶湖。」

　　光線照射在平靜無波的水晶湖面，閃耀著粼粼光芒。

　　「所以它才叫水晶湖。」銀狐薩貝勳自豪的說，「漂亮吧？」

我現在也**瘋狂迷上**閃光森林了！你喜歡我的新帽子嗎？我在角落那攤買的，很棒吧？好，現在我要去找鷹嘴豆炸丸子的攤位了。

他伸掌沾沾清澈新鮮的湖水，而且捧了一掌湖水湊到嘴裡。

「啊！」他拍拍嘴唇。「請自己來，要喝、要游泳都可以！」

晃頭喝了一大掌，然後踏入水中。

「噢，好舒服啊！」他叫著。

小柳大喊著「大砲發射！」同時跳入湖中，隨即濺起一大片水花。

阿德謹慎的慢慢進入水晶湖，但是很快也笑著潑起水來。

薩貝勳打了兩下響指，一隻穿著黑色背心的松鼠立刻出現，他端著一個托盤，上面放著兩個杯子。

「咖啡好嗎？」薩貝勳遞給小蘭一個咖啡杯。「我特地從瓜地馬拉空運咖啡豆過來，你一定要試試看。」

小蘭愛喝咖啡，而這杯咖啡聞起來實在太香

了，無法抗拒。她正在啜飲第一口時，聽到熟悉的聲音。

「跳樹！」

她抬頭看到一隻松鼠頭朝前撞向樹幹。那隻松鼠戴著一頂看起來非常高級又專業的頭盔。

「你們這裡也玩跳樹？」小蘭笑了，「讚喔。裝備不錯。」

薩貝勳發出了一聲哼，翻了個白眼。

「嗨嗨，市長！」那隻正在跳樹的松鼠揮揮手。

「哈囉，芮娜。」薩貝勳微微點個頭。他轉身面對小蘭說，「沒錯。我自己是不太在乎跳樹，但是那可以讓松鼠開心。瘋狂村那裡也玩跳樹嗎？」

小蘭點點頭，又啜了一口咖啡。

「你是說瘋狂森林，」她說，「沒錯，我們會跳樹。我也會跟著玩一下。」

薩貝勳一臉驚訝看著她。

「狐狸？狐狸玩跳樹？那太可怕了……真古怪。老實說，我不懂為什麼會有誰想玩跳樹，那種運動又髒又野。有閒暇的話，還有很多更棒的事情可以做啊。」

「不會啊，那很好玩的。」小蘭說，「而且我跳的很好。」

「或許很好玩吧，」薩貝勳說，「其實，據說我們的跳樹隊是閃光森林有史以來最棒的。不過——哈！我是外行，畢竟我只是一隻狐狸罷了。」

薩貝勳坐在一張躺椅上伸伸懶腰，他身上茂密閃亮的皮毛在陽光下相當耀目。

阿德、小柳和晃頭還在湖裡玩水。

「姐姐！」阿德叫道，「來游水嘛！這水超

乾淨的，你一定不敢相信。都沒有塑膠袋、鐵罐，或怪怪的泡棉……一點都不像瘋狂森林的小池塘。」

他叫了一聲，然後潛進水裡。

「我不用，謝謝。」小蘭從來就不喜歡玩水。住在大城時，有一次深夜她被一群素行不良的鵝給推進河裡。想到那段回憶就發毛。

阿德游到岸邊，七手八腳爬上草皮河岸，身上的毛在滴水。

「接住！」薩貝勳丟給阿德一件又厚又軟的浴巾。

「噢，感覺好像軟軟的雲！」阿德把他的尾巴擦乾。「這裡實在太棒了，薩先生我可以問個問題嗎？」

薩貝勳點點頭，顯然他被阿德那雙充滿信任的大眼睛給迷住了。

「你的鬍子末端是怎麼弄得捲捲的呀？」阿

德問。

「噢，親愛的小男孩，每一隻體面的狐狸都應該用鬍子蠟。」薩貝勳說。

「看起來好酷呀！」阿德笑開了。

「你有梳尾巴吧？」薩貝勳問。

「沒有啊，」阿德高興的說，「我們都是讓它自然就好，對不對，小蘭？」

小蘭點點頭。

「天哪！」薩貝勳說，「你們家的大狐狸是怎麼教的？小狐狸一定要梳尾巴呀。這是基本的外表整理啊！」

阿德在浴巾上滾一滾，弄乾背上的毛。

「我們已經沒有爸爸媽媽了。都是小蘭在照顧我。」

薩貝勳沉默了。他看著小蘭，而小蘭一臉酷樣、繼續啜飲咖啡。

「天哪！」薩貝勳說，「真是可憐的孩子。

我爸爸教我每一件狐狸應該做的事。釣魚、打獵、整理外表、穿著打扮。」

「我也教他很多啊。」小蘭語氣平淡。但是他們沒聽到她說什麼，因為阿德已經坐在薩貝勳的腿上，充滿驚奇、睜大眼睛。

「哇，薩先生！」阿德說，「我希望能學到那些東西！你可以教我嗎？」

薩貝勳笑了。「這個嘛，我們就先談談你這條舊圍巾。你有想過用領巾嗎？我們狐狸戴上領巾，看起來就會很帥！」

阿德笑呵呵，害羞的抓著他的圍巾。

「真是個迷人的小傢伙，」薩貝勳稱讚他，「你讓我想到我自己小時候。臉蛋真是完美。你馬上就會融入這裡的。」

小蘭不高興。「融入哪裡？這裡嗎？不，謝謝。我們住在瘋狂森林。」

薩貝勳嘆了一口氣。「太可惜了。我們閃光

森林可以提供給適合的動物許多東西。這裡有田
野、湖、劇院、電影院、圖書館⋯⋯」

　　「天哪，這聽起來太棒了！」小柳歡呼。她

穿上一件毛茸茸的浴袍，啜飲一杯氣泡柳橙汁。

「要是告訴我的兄弟姐妹，他們不知道會有多驚訝呢！」她搔搔屁股，放了一個大臭屁。

「呃，」小蘭冷笑說，「小柳，你很臭耶！」

「我才沒有！」小柳大叫。「你才臭！」

「說話客氣點，小兔子。」小蘭怒吼。

「你才要客氣點，不然我會把你的屁股揍扁！」小柳大喊。

薩貝勳的耳朵貼平，瞇起眼睛。

「嗯，我親愛的賓客，」他以低沉平靜的口吻說，「在閃光森林，我們不允許生氣或無賴的行為。我希望把這點講清楚。」

他咧嘴微笑著，陽光反射在他的牙齒上。

「薩先生，對不起。」小柳低頭小聲說，膽怯之下，一隻腳挖呀挖進草地裡。

阿德慌了，「真對不起，薩先生！我們通常不會這麼粗魯的。」他生氣的看著小柳和小蘭。

「或許我們該回家了。」小蘭用力瞪了薩貝勳一眼。

「好的，」薩貝勳笑著，「或許是吧。」

噢，真是的，
太狼狽了。讓我想到有一次，
我這許多雙腳被夾在劇院的
旋轉門。花了很久才脫困，
臉紅到不行。

第七章
戴德斯的牢騷

　　阿德、小蘭、小柳、晃頭，一從閃光森林回來，就直接前往戴德斯的露營車。這隻心情很好的公鹿和法蘭克一起坐在露營車外，慢慢吃掉一大盤餅乾。

　　「我們發現一個新地方！」小柳大喊。「閃光森林！它實在是太太太棒了！」

「而且，那裡有一座湖、一個劇院，還有各式各樣好東西！」阿德跳上跳下。「戴德斯，那裡好完美、好漂亮！」而且，我們都喝到免費的氣泡柳橙汁！但是那時候小柳放屁了，所以我們得離開。」

戴德斯震驚的張開嘴巴，掉出半片餅乾。

「而且那裡也有一個市長，」小蘭說，「是一隻狐狸。他叫做薩貝勳。時髦的傢伙。不知道他在盤算什麼。」

「他好酷喔！」阿德的眼睛發光，「戴德斯，他是一隻真正的大狐狸呢！」

「基本上，」小柳繼續說，「閃光森林就像瘋狂森林，但是它非常乾淨而且很好玩，各方面都比這裡好一百倍。」

晃頭注意到戴德斯忽然難過起來，連餅乾都不吃了。

「你們是說……那裡有另一個市長？」戴德

斯小聲說。

「唉呀，他只是一隻蠢蛋老狐狸啦，」晃頭伸出大獾掌摟著戴德斯的肩，溫柔的說，「呃……是一隻帥氣的老狐狸，眼睛有光、毛色發亮，穿著時髦的西裝。但是，那還不是一樣，就是一隻老狐狸嘛。」

戴德斯的臉頰上滾落一大滴淚珠。

「他怎麼了嗎？」小蘭問。

戴德斯把餅乾盤丟到地上，埋頭大聲啜泣。

法蘭克搖搖頭。「你們明明知道他有多敏感！」法蘭克說，「你們幹麼到處亂跑呢。」他伸出巨大的貓頭鷹翅膀摟住戴德斯。

「我一直都在害怕這件事，」戴德斯哭嚎，「害怕有一個新地方。一個興奮的新地方，大家都喜歡那裡，就離開瘋狂森林了，永遠不回來，就剩下我一個孤孤單單！」

戴德斯抽抽噎噎不停的哭，眼淚多到把小蒼

蠅泰凡琳夫人都淹死了，她一直坐在桌子上，專心上大號。

安息
泰凡琳夫人
「我們都還不太認識您。」

　　小柳爬上戴德斯的大腿，伸出兔掌塞進戴德斯的大鼻孔，試著堵住流個不停的鼻涕。

　　「我們不會離開你的，戴德斯。我們也不會離開瘋狂森林。」小柳說，「這裡是我們的家！就算他們有免費的熱狗。」

　　突然一陣隆隆聲，地面都在震動搖晃。

「叭，叭！車要開過來了！

閃開，魯蛇們，快閃開！」

是鼬獾的吉普車，開車的是晃頭的哥哥莫第。後座是晃頭另外三個哥哥，他們的名字是傑若米、傑洛米、傑諾米。吉普車高速打滑、停下來，剛剛好就在晃頭面前。

「噢，嘿，老弟。」莫第說。

晃頭看起來有點困惑：「你們要去哪？」

莫第推推他的包覆型太陽眼鏡。

「閃光森林啊，老弟，你聽過嗎？」他說，「據說那裡超級棒的！聽說有一個大湖，有網球場、免費的氣泡柳橙汁、一家高檔餐廳……」

「沒錯，呃，我其實已經去過了。你們是打算不告訴我、自己去嗎？」

莫第聳聳肩。

「對不起啊，老弟。我們是真的沒想到你，」他看看吉普車後照鏡，檢查身上的毛。「或許你應該跟你的怪胎朋友留在這裡，看來你是比較適合這個地方嘛，你不覺得嗎？」

「噢。」晃頭低下頭，看著自己的腳。

「拜拜，小晃頭。」傑若米說。

「再會啦，老弟。」傑洛米說。

「你可以完全占據我的上下舖了。」傑諾米說，他是三個之中心地最好的。

「吃癟小晃頭！可別一輩子當魯蛇哦。」莫第叫著。

他們拋下晃頭，開車走了。

小蘭輕輕推他。

「喂，你還好嗎？」

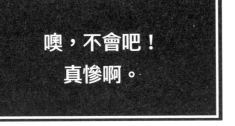

噢，不會吧！
真慘啊。

晃頭點點頭，拉起髒髒的制服領帶抹抹眼睛。

戴德斯嘆了一口氣。

「我就知道——開始了！」他說，「鼬獾離開瘋狂森林了。誰是下一個呢？」

「一群不良少年！」英格麗呱呱叫，原來她一直在露營車頂打盹。「瘋狂森林沒有他們會比較好！」

「是啊！」小柳愉快的說，「我們來把瘋狂森林變得時髦、興奮、華麗！這樣大家就會想待在這裡了！因為現在這裡又髒又臭，看起來就像個大垃圾桶。」

戴德斯搔搔鼻吻，「小兔子，你說的挺有道理。」他說，「好，大家都別動，我很快就回來！」

接著他快速衝下山坡，大喊「嗚咿！」因為如果你真的很快滾下山坡，那就是你脫口而出的聲音。

大家等啊等、等啊等。

等了好久。阿德寫了一首詩；小柳編出世界上最長的雛菊花圈；有一隻胡蜂叫做伊格，無聊到死掉了。幾小時之後，戴德斯爬回山坡上，帶著一個簡報架和尖尖的棍子。

「親愛的大家！關於瘋狂森林的未來，我有幾個興奮的計畫！」。他指著簡報架上的紙，上面寫著：

戴德斯的大計畫

計畫一：

我們要蓋一個超大型跳樹運動館，舉辦比賽，邀請全世界的跳樹隊伍來參加。我們必須蓋旅館、有效率的路網，還有一個小型飛機場。我們也必須砍掉大部分的樹木，住在灰色的旅館小房間裡，房間都是沒有窗戶的。

「下一個！」法蘭克大喊。

計畫二

瘋狂森林水族館！

邀請一些致命的鯊魚、超大八爪
章魚、殺人鯨來住在瘋狂森林。
但是我們也必須找到很多魚缸
和很多水。

「下一個！」大家都喊。

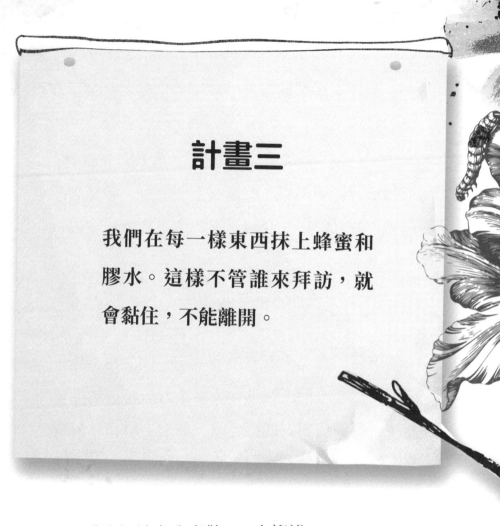

計畫三

我們在每一樣東西抹上蜂蜜和膠水。這樣不管誰來拜訪，就會黏住，不能離開。

「這個計畫我喜歡！」小柳說。

法蘭克飛向戴德斯，握住他的鹿蹄。「市長，我不認為這些計畫會有用的。」他溫和的說。

戴德斯踢掉簡報架，嘆了一口氣。接著，他一拍膝蓋。

「好吧，那就這樣。我現在就去閃光森林。他們是我們的鄰居，所以很重要的是，我要表示友好，而且要自我介紹。畢竟這是我們瘋狂森林的作風！」

絕望沼澤上，大家跳過一個一個床墊，除了法蘭克之外，他低空飛在大家上方。接近沼澤邊緣時，聽到法蘭克低聲呼嘯，他用一邊翅膀指著前面某樣東西。那是個高高的圍籬，金屬和木頭互纏，上緣圍了一圈有倒鉤的鐵線捲。阿德很困惑，他很確定之前並沒有這道圍籬。他跑過去，看到一個標誌，上面寫著：

私有土地

禁止進入！

尤其如果你又醜又臭。謝謝！

「哇！」小柳說。「真是太沒禮貌了。唉，不管啦。這東西我五秒鐘就可以爬過去。」

她兩掌抓住圍籬。

嗞嗞嗞嗞——啪！

她飛拋到空中。「小柳！」阿德大喊。

圍籬四周飄蕩著煙霧和毛燒焦的味道。

阿德快步回頭、找到小柳，她臉朝下趴在一張床墊上。

「太沒禮貌了！」受到輕微電擊的小柳說，「我要去找那個薩貝勳，在他鼻子上痛揍一拳！」

「嗯。他們不太友善吧？」小蘭皺著眉頭，凝視那道可怕的通電圍籬。

「我想一定是有什麼地方弄錯了。」阿德說。「薩貝勳對我們很友善啊。我猜如果他發現是誰豎起這道可怕的圍籬，他一定會很生氣！」

小蘭挑起眉毛，看著戴德斯，她的表情就像在說：「這件事超怪，但是我不想讓阿德嚇到。」

所以戴德斯和藹的拍拍阿德的頭說，「小傢伙，或許你是對的。我會試著再找個時間跟他見面。現在我們回家吧。」

新聞插播！
我想暫停一下這個故事，
跟你介紹……

瘋狂森林雞蛋大挑戰

誰可以吃掉最多雞蛋呢？
我們來看看吧！

法蘭克：36 顆蛋

小蘭：50 顆蛋

英格麗：「你好大的膽子！」

晃頭：390 顆蛋

戴德斯：2 顆蛋（「放在烤過的奶油麵包上，
撒些松露絲，謝謝。」）

阿德：15 顆蛋

住在阿姆斯特丹、著名的吃蛋馬「丹蛋寶」：
34,565 顆蛋。

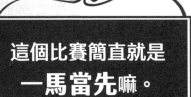

這個比賽簡直就是
一馬當先嘛。

第八章

薩貝勳的大計畫

戴德斯的露營車外面的空地上，散放著可以坐的一截截木頭，還有桌子可以讓手靠著跟擺放茶杯。這裡通常是個歡樂的地方，但是今天早上氣氛有點低沉。戴德斯放下茶壺，嘆了一口氣。

他正在吃一大碗

懲罰牌
燕麥片。

「噢，看起來好好吃。」法蘭克飛下來停在戴德斯旁邊，「懲罰牌燕麥片，我的最愛！」

戴德斯哼了一聲。懲罰牌燕麥片是最可怕的早餐了，他只有在難過的時候才吃它，因為那能讓他覺得更難過，有時候我們就是會這樣。

大家別擔心，
我把食譜列出來了！

懲罰牌 燕麥片

材料：

3 支小樹枝，折成小段
1/2 匙細砂
10 粒碎石
5 片樹葉
1 個小洋蔥，放很久已經放到軟，而且長出芽
2 個空蝸牛殼，裝飾用

做法：

把所有材料放在一個大碗裡。
指著那個大碗，做出噁心的表情，然後加進牛奶。
請享用！

大家好！「**安全衛生專員**」艾瑞克在此，請你不要做這道懲罰牌燕麥片、更不要吃它，因為那真的很難吃，而且吃下去可能會死，那可就糟了。感謝配合！

「法蘭克，我覺得一切都完蛋了，」戴德斯說，「完蛋了！」

「欸，戴德斯，不要這麼鑽牛角尖了。」法蘭克說。

「沒錯，你是在捕風捉影、自憐自艾罷了。」英格麗從露營車走出來，拿著一杯番茄汁和一疊橄欖，「我們有鄰居，那又怎樣？他們住的地方比較好，那又怎樣？他們豎起一道圍籬不讓我們進去，誰在乎啊？我才不在乎。我覺得那根本不重要。」說完往嘴裡丟進一顆橄欖。

突然，天空暗下來，響起一個很大的聲音，讓這群朋友嚇了一大跳。

啪──啪──啪──啪──

大家都躲進桌子下面，一陣強風把灰塵和樹葉都捲到天空中。

大家睜開眼睛時，看到一個又高又帥的形影，身上的皮毛光滑閃亮、尾巴茂密華貴，從亮銀色的直升機走出來。

「是他。」戴德斯嘶啞著說。

薩貝勳大踏步走向露營車。他後面跟著一隻貂鼠，抱著很多卷紙，幾乎都快掉了。貂鼠後面是一隻看起來很嚴肅的大野兔，提著一個紅色公事包。

「戴德斯！」薩貝勳大聲喊，「是戴德斯吧？」

戴德斯站起來，拍掉身上的灰塵，點點頭。

「你好！我是銀狐薩貝勳。也許你的……朋友們，跟你提過我？」

雖然戴德斯還在震驚中，但是他是一隻非常有禮貌的公鹿。他做個深呼吸。

「大鹿角戴德斯在此恭候！歡迎你跟你的朋友來到瘋狂森林！」戴德斯說完一鞠躬，樣子有點古怪。

「真好、真好！」薩貝勳說。「不知道你有沒有時間談一談？」

「香蕉！」戴德斯高聲叫，「呃，對不起，我的意思是，好的，當然。」

薩貝勳揚起眉毛，把貂鼠推到前面。

「這是我的同事蘇珊，」薩貝勳說。那隻貂鼠一鞠躬，她抱著的紙卷立刻掉在地上。

薩貝勳繼續說，「這是我的律師法蒂瑪。」那隻大野兔眼神凌厲、迅速點個頭。

「誰要吃糖霜麵包？」戴德斯虛弱的問。

「不用了，謝謝你，大鹿角先生，我們來這裡是談重要的事。」薩貝勳沒有先問過就自己坐了下來，他對蘇珊點點頭，這隻貂鼠把一卷紙在桌上攤開，四個角落用小石頭固定，讓它保持平坦。

「哇，」戴德斯說。「這是什麼？」

「這份地圖，在閃光森林的圖書館裡收藏了很多年。」薩貝勳一副威嚴的樣子，「我知道有瘋狂森林這個地方之後，就去查資料，然後就發現這份地圖。是不是很幸運呀？」

戴德斯湊近想仔細看看，鼻吻卻被一支尺打

了一下。

「你並未得到授權看這份地圖。」法蒂瑪拿著那隻尺，是她打的。

薩貝勳說，「我們可以看到，這是閃光森林的地圖。我想，還包括瘋狂森林。你看，閃光森林的領土界線在這裡。」

蘇珊在地圖上指畫出一個好大的圓，涵蓋了這張地圖大部分。

「你現在可以看地圖了。」法蒂瑪說。

戴德斯皺眉。「那瘋狂森林在哪裡呢？」他問。「是那邊紅紅一團嗎？」

薩貝勳湊近看，「噢，不是，那是覆盆莓果醬，我早餐吃司康時滴出來的。」

蘇珊用樹枝在地圖上圈出一個小很多的圈圈，「你看到這裡了嗎？」

「你是指，標著『荒地』這裡嗎？」戴德斯問。

「沒錯，」蘇珊把她的眼鏡推高。「你所謂『瘋狂森林』，其實是一塊位在閃光森林領土內部的荒地。」

戴德斯皺眉，「我⋯⋯我不懂。」他喃喃的說。

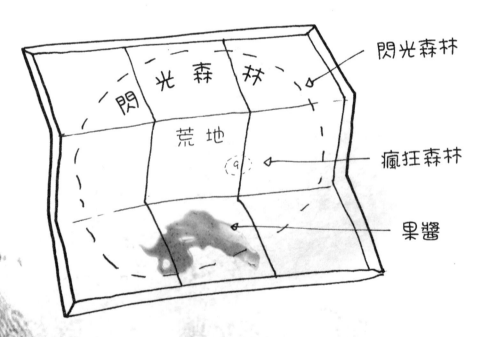

　　「這表示，老兄啊，瘋狂森林並不存在！」薩貝勳叫道，他張開雙臂。「這裡——全都是閃光森林的一部分！你們屬於閃光森林！」

　　接著他仰天大笑。

　　法蘭克停在戴德斯的鹿角上。「小伙子，看我這裡。我們要去找你，但是被你的通電圍籬電到了。這不是好鄰居的做法吧？所以，我建議你快點離開。」

　　薩貝勳對法蘭克揮揮手。

　　「噢，貓頭鷹先生，可別難過喲。關於圍籬，我非常抱歉。但是最近我們有一群外地來的……呃，賓客，我總不能讓隨便誰都可以進來閃光森林吧？法蒂瑪，給他看《閃光森林大憲章》。」

　　那隻野兔打開看起來很重要的公事包，抽出一張閃亮的卡紙。

閃光森林大憲章

住在閃光森林的動物，不可以：

1. 留八字鬍
2. 難過、悲慘，或是沮喪，任何時候都不行
3. 流鼻涕
4. 放屁或打嗝
5. 臉歪

住在閃光森林的動物，必須：

1. 無時無刻都要光鮮亮麗、帶著笑容
2. 要能說至少三種語言
3. 無時無刻都要聞起來很香
4. 很會數學、還要很會拼單字
5. 要能畫出完美的圓圈，絕對不能手抖

(不符合以上準則者，立刻關進監獄，除非我們真的心情很好。感謝！)

「哼！」英格麗呱叫一聲。「太荒謬了！這些條件根本沒有道理！」

「你這樣說是不合法的。」法蒂瑪說。她從公事包拿出手銬,「我要逮補你。」

薩貝勳笑出聲。

「哎呀,法蒂瑪,我們要仁慈。」

法蒂瑪瞪著那隻雍容華貴的鴨子,但是手銬慢慢放下來了。

這時,阿德和小柳來到戴德斯的露營車喝茶聊天。阿德遠遠看到薩貝勳那條華麗的尾巴,驚呼一聲。

「薩先生!哈囉,薩先生!」阿德邊叫邊跑向他。

「噢,是迷人的小狐狸啊!」薩貝勳說。「哎呀,阿德,今天你的毛看起來真是漂亮!」

阿德呵呵笑,臉紅了。

「噢,孩子們,」戴德斯搖搖晃晃往後坐進一張舊躺椅上,「我們的新鄰居薩貝勳發現了一件事,很糟糕!」

薩貝勳靠過去，抓住戴德斯的蹄。

「哎呀，老兄，」他溫柔的說，「這不是什麼災難嘛，是不是？」

「發生什麼事了？」阿德尾巴垂了下來。

「其實是個大好消息喔！」薩貝勳比劃整個瘋狂森林，「這裡，所有的東西，都將成為閃光森林的一部分！」

阿德和小柳吃了一驚，看著戴德斯，而他難過的點點頭。

「是……是的。他找到一張什麼地圖，」戴德斯虛弱的說，「地圖上標示這裡不再是瘋狂森林了。」

「還不只這樣喔，」薩貝勳笑著說，「那座神奇塔現在是屬於我的——呃，我意思是屬於閃光森林的。那樣就會有足夠電力，我終於可以蓋這個！」

他對蘇珊點點頭，蘇珊攤開另一張大紙……

銀城

主題樂園

燈光秀！

親眼見到薩貝勳本尊！

各式食物！

雲霄飛車！

樹樹樹！

小貓！

實現你所有的夢想！*

*不包括所有的夢想，尤其是中樂透、裸體去上學、長出尾巴、
成為首相、跟大火龍打鬥、把奶奶變成海豚，
或是鉛筆盒不見了然後在樹籬下找到，這類的事。

「哇，」小柳說，「看那雲霄飛車的尺寸！」

「哇！」阿德說，「這個地方看起來太棒了！」

薩貝勳笑開了。

「噢，我真希望你會喜歡，」他說。「它會很賺錢的。訪客會從好幾公里外的地方來這裡玩，它會是地球上最令人興奮的地方！訪客會來玩雲霄飛車、買商品、跟打扮美美的我們大家一起照相，我會成為億萬富翁！」

法蒂瑪咳了幾聲。

「抱歉，我的意思是『我們』會成為億萬富翁，」薩貝勳笑著指著大家說。「現在我們可以在瘋狂森林蓋房子，會有很多空間可以拿來做其他用途。」

「什麼『其他用途』？」法蘭克不滿的問。

薩貝勳揮舞手掌，「噢，你知道的，就是那些無聊的東西啊。馬路、摩天大樓、立體停車場。還要一座我的大雕像。」

「呃，這些東西，確實地點在哪裡？」戴德斯緊張的問。

「呃，」薩貝勳一邊摸鬍子、一邊想，「我們現在就站在立體停車場的興建地點，對不對蘇珊？」

蘇珊點點頭。她非常嚴肅的走來走去測量土地和樹木，還不時停下來，在一個小筆記本上寫下數字。

就在這時，聽到一聲低吼。

大家轉頭看，是小蘭。她憤怒的瞪著薩貝勳，而他假裝忽略她。

「總之，戴德斯，還有一件事就是，你不會是瘋狂森林的市長了。但是，那樣真的很糟嗎？你也該休息了。所以，簽下這些文件，一切就都辦妥了。」

法蒂瑪「喀」的一聲打開公事包，拿出一疊文件。

「要我簽的到底是什麼？」戴德斯問。

「噢，是一份非常無聊的契約啦，」薩貝勳說。「上面寫說，瘋狂森林將成為閃光森林的一部分，而每個地方的市長都是我，每樣東西都是我的，等等等。無聊、無聊、無聊！」

戴德斯吃了一驚。

法蘭克叫了好幾聲。

小柳怒吼。

阿德哀叫。

英格麗下了一顆蛋。

而小蘭，她大踏步直直走向法蒂瑪，拿走那些文件，吃掉。

「小蘭！」阿德大叫。

薩貝勳對小蘭微笑，但是他的眼睛裡閃著憤怒。

紙片散落在小蘭腳邊，「我們不簽任何東西。你不能強迫我們。」

薩貝勳雙臂抱胸，瞇起眼睛。

「薩先生，」戴德斯說，「瘋狂森林是我們的家。我愛住在這裡的每一隻動物。我不能⋯⋯我不能就這樣把這個地方簽給你。」

薩貝勳點點頭。

「我了解，老公鹿。」他的聲音聽起來不像之前那麼友善了。「但是這張地圖很清楚顯示，每一樣東西都屬於我。」

「你要把瘋狂森林夷為平地，蓋你那個什麼白癡主題樂園，那我們要去哪裡？」小蘭怒吼。

薩貝勳笑出來。

「噢，愛吵架的小東西，別擔心嘛，」薩貝勳說，「還會有很多空間可以給大家的。」

但是小蘭不相信。

「是嗎？那如果我們不符合你那套白癡規定呢？你要把我們都關進監獄裡是嗎？」

小蘭從法蒂瑪手上搶走那份《閃光森林大憲章》。

「這裡面寫的都是垃圾，」她吼道，「我們沒有誰會『無時無刻帶著笑容』或是『光鮮亮麗』，或是『至少會說三種語言』。」

「沒錯，而且畫圈圈那一項，讓我很不安，」戴德斯說，「我不是天生的藝術家。」

薩貝勳捏緊拳頭、高舉在額頭前，大吼：「那麼，或許你們必須去住在別的地方！」他的眼睛

突然露出憤怒。

阿德的嘴唇顫抖。

「薩先生，請不要對我們大吼。」阿德輕輕的說。

「噢，小阿德，」薩貝勳微笑了，伸手搓搓阿德的毛。「你不必擔心。我可以看到你在閃光森林會有很棒的未來！親愛的孩子，你甚至可以當我的助手啊！你會喜歡的，對不對？」

小蘭走過去，拍掉薩貝勳放在阿德頭上的手。

「你聽好。你不能這樣跑進來就要把瘋狂森林拿走。」小蘭說，「我不喜歡惡霸。而你，老兄，你就是一個惡霸。」

薩貝勳發出低沉的吼聲。

「我想怎樣就可以怎樣！」他嘶吼，「事實上，如果我要的話，我現在就可以把你們全都踢走。」

大家吃了一驚。

「你不會真的這樣做吧？會嗎？薩先生？」
阿德小聲哀叫著。他以為薩貝勳又酷又厲害，
現在卻知道他竟然是這樣一個壞蛋，讓阿德的
頭好痛。

小蘭的心思跑得很快。她必須保衛瘋狂森
林，還有這裡所有動物。小蘭腦袋高速飛轉。她
聽到遠處隱約傳來嘎嘎聲，接著是一個小爆炸
聲，是潘蜜拉和夏倫在神奇塔上做實驗。

這時，小蘭想到一個很棒的點子。

很困難，但是這是她所能想到唯一的辦法。

「好，薩貝勳，你想要神奇塔是嗎？」

薩貝勳看看自己的爪子，打個呵欠。

「是啊，這不是廢話嗎？」他嘆了一口氣。

「那麼，你就有個問題了。」小蘭假笑。她
看向法蘭克，使個眼色。「而且她是個很大的問
題。法蘭克，請你叫潘蜜拉來好嗎？」

法蘭克拿起跳樹哨子湊到嘴邊，大聲吹響哨子，吹了三聲。

「怎麼回事……」薩貝勳說。

傳來一聲「**趴嘎**」，非常響亮。

法蒂瑪和蘇珊同時尖叫，躲到戴德斯的露營車下。

「你們到底有什麼毛病啊？」薩貝勳說。

潘蜜拉威風凜凜，從雲端飛下來。

「法蘭克，你要幹麼？」她叫道，「我正在忙著讓東西爆炸！趴嘎。」

接著，潘蜜拉看到薩貝勳。

「你是誰？」她問，「你要不要來上我的廣播節目？今天的主題是：巧克力棒是否變小了？應該讓嬰兒刺青嗎？是否所有的狐猴都不可信任？」

薩貝勳看起來很困惑。

「潘蜜拉，我們剛剛在討論『神奇塔』。」小蘭故作輕鬆說。

潘蜜拉眼睛睜得像碗碟那麼大，她開始大聲嘎嘎叫。

「不准任何生物靠近我的塔，除非我同意！」她高聲叫著，「蚯蚓不行、鳥也不行、駝鹿也不行、外星人也不行、小螞蟻在小螞蟻公車裡、或是馬、牛、或是穿得像馬的牛——」

法蘭克又吹一次哨子，然後說：「潘蜜拉，

好了、好了……」直到她平靜下來。

薩貝勳看起來非常警戒。

「潘蜜拉，如果有陌生人靠近神奇塔，你會怎麼做？」小蘭笑著說。

這次，潘蜜拉的眼睛瞇成一小縫，她豎起羽毛、展開巨幅翅膀，雙腳開始交互跳動。

「我會咬掉他的頭、壓扁他的身體、把他的骨頭當成沙鈴！」潘蜜拉尖叫。

「我想也是啦，」法蘭克說，「我們只是想再跟你確認一下。謝謝你，潘蜜拉。」

「再見！」潘蜜拉說，「趴嘎！」

她對戴德斯致敬後，一躍飛進空中。

阿德看著薩貝勳，「我們第一次見面的時候，我跟你說到的就是她。」他小聲說。

「噢，是啊，」戴德斯說，「就算今天我把瘋狂森林籤給你，潘蜜拉還是可能很快就殺了你。她討厭陌生人接近神奇塔。」

薩貝勳低吼。

「除非……」小蘭說。

「除非怎樣?」薩貝勳口氣不善。他很生氣計畫受阻。

「除非我們要她不能這樣做,」小蘭說,「潘蜜拉會聽我們的話。如果我們說不行,她可能就不會吃你。」

「好,」薩貝勳咆哮,「那你們想怎麼樣?」

小蘭對其他動物眨眨眼。她深吸一口氣。

「跳樹。」她說。

「呃,」薩貝勳發抖了,「很可怕的運動。跳樹怎樣?」

「我們來比賽跳樹,」小蘭說,「瘋狂森林對閃光森林。如果我們贏了,你們就不能動我們。如果你們贏了,你就可以占有瘋狂森林跟神奇塔,我們會要求潘蜜拉不能殺你。」

「噢!」大家不約而同的說。

法蘭克眉毛抽動，十分警戒。

薩貝勳想了一下，接著他笑了起來。

「我們的跳樹隊是方圓百里內最好的！」他叫道，「我們閉著眼睛就能打敗你們。這種比賽絕對不公平。那就這麼說定了！」

他對戴德斯伸出手掌，準備跟他握手。

戴德斯看著小蘭，眼神很擔憂。但是小蘭看來已經下定決心，他們會拼命練習，盡一切所能打敗閃光森林。小蘭對戴德斯點點頭。

戴德斯慢慢伸出腳蹄，跟薩貝勳相握。

「說──說定了。」他結結巴巴的說。

「哈！太好了，」薩貝勳笑著說，「我的手下會跟你的手下聯絡。好、好、好！那麼，我們要走了。」

離開的時候，薩貝勳用力搖動他的尾巴，揚起一團塵土，大家都被弄得一陣咳嗽。

「親愛的勇敢的小蘭啊，」戴德斯說，「我

們要怎麼打敗他們呢？」

「別擔心，」小蘭笑著說，「我有計畫。」

「噢，太好了！」戴德斯說，「我就知道你已經想好了。」

阿德看著姐姐，她安靜的咬著自己的手掌。阿德知道，這表示小蘭其實並沒有任何計畫。

哎呀，這下慘了！小蘭，趕快想個計畫！我得要躺下來，吃一包起司乖乖了。

第九章
行動代號：閃光森林

小蘭醒來時，看到床邊擺了一杯咖啡，阿德一向都會泡杯咖啡給她。小蘭啜飲咖啡，心懷感激。她想，阿德真是一隻乖巧的小狐狸。走出窩之前，小蘭停下腳步，掀開掛在牆上的舊毯子。

牆上有兩個腳印，印痕陷入泥土中。

而小蘭的腳掌完全吻合那個比較小的腳印。

小蘭嘆了一口氣。姐弟倆來到瘋狂森林之後沒多久，她就發現這些腳印。她知道這聽起來很怪，但是她還是忍不住猜想，這對腳印是不是爸媽留下來的。不過，據她所知，爸媽並沒有來過瘋狂森林，所以，那個想法只是白日夢而已。小蘭並沒有告訴阿德她發現這對腳印，因為阿德會太過興奮。而且，那又能怎麼樣呢？這對腳印可能根本不代表什麼。

「不要再想它了！」小蘭對自己低吼。她一口喝完咖啡，前往跳樹練習場地。

法蘭克在一排松鼠前飛上飛下。自從昨天薩貝勳跟他那兩隻毛茸茸的手下來了之後，法蘭克就沒闔眼過。

「大家聽好，」法蘭克鼓起貓頭鷹胸膛，「我們即將參加一場困難的跳樹比賽。但是我們很

140

強、我們很快，而且繼續練習，我們會更強、更快。因為我們不只是要贏而已，我們是為了家園而戰。我們是為了拯救瘋狂森林！」

法蘭克等著大家歡呼鼓掌。

但是，一片沈默。法蘭克轉身一看，每隻松鼠都圍在松鼠馬丁身邊，他正在展示自己腳上那雙會發光的嶄新球鞋。

哇！

閃！

閃！

「喂，大家專心聽我說好嗎？」法蘭克大喊，大聲到每隻松鼠都嚇了一跳（而且馬丁還嚇到漏尿了）。

法蘭克要松鼠隊員們去跑步熱身，然後他問小蘭：「孩子，你的計畫是？」

「我還不確定，」小蘭說，「但是我在用力想。」

阿德跟小柳坐在一個長滿青苔的石頭上，分享一包糖果。

「給我一顆綠色的，謝謝。」法蘭克伸出腳爪。

「啊！只有怪胎才會喜歡綠色口味。」小柳遞出一顆糖果。「法蘭克，我不是要當討厭鬼，但是，我們絕對贏不了閃光森林。瘋狂森林輸定了！」

法蘭克嘆了一口氣。他知道，小柳說得可能沒錯。

「我們必須更了解對手，」小蘭說，「學習他們的長處，找到他們的弱點。」

「法蘭克！不然，你飛過去看看？」阿德說。

法蘭克搖搖頭。「薩貝勳不是傻瓜。他會等著我飛過去打聽情報，我會被彈弓射中。」

小柳開始跳上跳下，「我知道、我知道、我知道、我知道了！」她大喊。

「你知道什麼？」法蘭克說。

「我們需要一個間諜！」小柳說。

「間諜的問題就是，如果是個好間諜，你絕對不會知道他是間諜。但是如果你知道誰是間諜，那他就不是一個很好的間諜。」小蘭說。

「好吧，挑剔鬼。曾經當過間諜的可以嗎？前任間諜？」小柳說。

「那可能還行吧，」小蘭哼了一聲，「但是我們有誰知道誰當過間諜？」

小柳笑了。「我馬上回來！」她跳進森林裡，留下阿德若有所思的咬著可樂瓶。

　　十分鐘之後……

　　「呱──！」英格麗呱叫。她剛剛午睡正香，拒絕離開她那座購物車堆起來的舒適小島。所以小柳只好把她連同一台購物車從小池塘抬起來，推著她穿過樹林。英格麗一路上都在大聲抱怨。

　　「那隻鴨子？」小蘭鄙夷的說，「她會有什麼用？」

　　英格麗瞇起眼睛。

　　「在我成為成功的女企業鴨之前，我是一個演、員！」她嘶叫。

　　「沒錯、沒錯，我們都知道。」小蘭嘀咕著。

　　「在我當演、員之前，我是……我是極機密的間、諜。」英格麗夾緊雙翅，一副對自己非常滿意的樣子。

　　「不會吧，」小蘭說，「我不相信。」

英格麗調整了一下她的圓盤帽，慢慢從購物車裡爬出來。她搖搖擺擺走向小蘭。

　　「你再說一次。」英格麗輕輕說。

　　「我說我不相信你以前是間諜。」小蘭聳聳肩，「你那身柔軟的羽毛，還戴耳環跟高貴的帽子，哈！少來了。」

　　接著是一團混戰，伴隨著呱叫和許多灰塵，幾秒鐘之後，小蘭倒在地上，手臂被扭到背後。英格麗坐在她頭上，正在上口紅補妝。

　　「我以前就是個間諜。」英格麗說著，啪一聲把化妝鏡闔上。

　　「哇！」阿德說，「你竟然能把小蘭打趴在地上，太酷了！」

　　「那，有什麼事需要我效勞？」英格麗問。

　　「我們需要你潛入閃光森林，」法蘭克說，「我們要了解他們的跳樹隊，隊伍裡有誰，他們怎麼玩，他們的祕訣是什麼。」

　　英格麗點點頭，「沒問題。」

　　「我跟你一起去，」小蘭說，「我想看看他們的動作。」

　　「還有我和小柳！」阿德說，「我們會是很酷的瘋狂森林偵查小隊。」

　　「不行，」小蘭說，「你們不能去啦，你跟

你的兔子朋友留在這裡。」

「噢，拜──託──啦！」阿德央求。

「阿德，別擔心。」小柳賊賊的笑，「她需要我們。我們體型小，可以穿過很窄的地方。而且，我們很會偵查；而且，我們兩個都喜歡起司；而且我最喜歡的顏色是橘色；而且我會一直說、一直說，說到她讓我們去；而且……」

「好啦、好啦，算了。」小蘭不滿的說。

「我可以去嗎？」經過附近的一隻蜜蜂飛力說。

「不行！」大家都說，因為飛力顯然會是一個災難。

「那個通電圍籬怎麼辦？」小柳說，「我可不要手掌又被燒焦！」

「大家聽好，」英格麗說，「如果你們都要跟我一樣是極機密間諜，你們的舉動就必須像一個極機密間諜。不可以抱怨。不可以發出很大聲

音。不可以跳迪斯可。我們要利用夜色來掩護。今天半夜，在神奇塔跟我見面。」

噢，太令人興奮了！
但是，我該穿睡衣、還是穿平常的戶外衣物？

半夜，還是可以看得到神奇塔，因為潘蜜拉的老鷹巢裡有一大堆電子裝置。她跟新密友派對烏鴉夏倫一起玩得好極了。

對於潘蜜拉那堆收藏，有手機、電線、電視、收音機和其他各種裝置，夏倫驚異不已。

「這些東西可以造成很大的破壞力！」她低低吹了一聲口哨。

「對啊！」潘蜜拉很高興，「我們就來搞大破壞吧！」

「噢，你有沒有想過可以製造亮片發射砲？」夏倫問。

「那會爆炸嗎？」潘蜜拉問。

「會。」夏倫說。

「那就好！我們來製造全世界最大的亮片發射砲！」

這兩隻邪惡鳥正在熱烈討論亮片發射砲時，小蘭、阿德和小柳站在神奇塔底下等英格麗。

「她遲到了！」小柳一邊嚼著「宇宙果」、一邊氣呼呼的說。

就在這時，他們腳掌下的地面開始隆隆震動。

「呃呀！」阿德大叫著往後跳，因為地面露出一個大洞。

從洞裡伸出來的是依莫・歐瑪的鼻吻，他是

一隻地鼠，也是一個「地下詩人」。

「你好，歐瑪，」小柳塞給他一個「宇宙果」，「你在做什麼？」

「他是我的夥伴。」熟悉的聲音傳來，是英格麗爬出洞。她甩掉羽毛上的泥土，呱了一聲。「我們的地鼠朋友要幫我們打一條地道，通到閃光森林。」

依莫‧歐瑪微微一鞠躬。「我為這件事寫了一首詩。」

小蘭絕望的一拍額頭。

為勝利而挖

作者／依莫‧歐瑪

我挖、我挖、我挖挖挖
利用我的大手掌
我的手掌看起來像湯匙
或者像一隻大槳
我為了拯救家園而挖
不讓那隻笨狐狸得逞
我在地下鑽來鑽去
碰到討厭的石頭也不理
自己挖，不容易
所以這些傢伙來幫忙
我的地鼠朋友
阿卡巴、佛羅、史提

（完）

另外三隻地鼠從地洞冒出來，向大家鞠個躬。

「太棒了！」小柳鼓掌說，「你們是最厲害的挖地高手！我們什麼時候走？」

英格麗看看錶。這很奇怪，因為她根本沒戴錶，所以其實她在看著她的羽毛。

「就是——現在！」她說。

喲呼！我們走吧！
挖、挖、挖、挖……

第十章

圖書館

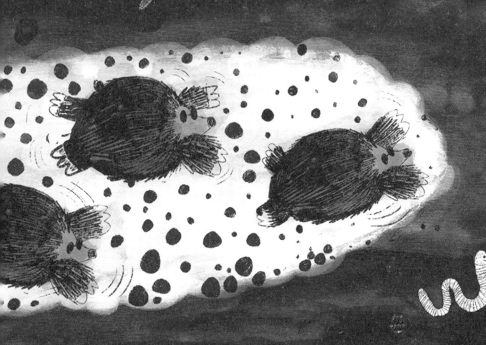

地鼠整夜不停的挖，他們很小心不去碰到閃光森林的通電圍籬。英格麗盯著一台高科技衛星導航系統，這是從潘蜜拉那裡借來的。這台機器纏了橡皮筋、還用嚼過的口香糖來黏牢，但是潘蜜拉堅持說「功能沒問題」。

「我們到閃光森林了，」英格麗鄭重宣布，「所以現在我們必須要往上挖。快挖呀！」她揮舞手提袋打了一隻地鼠，催促他們快點動手。

依莫・歐瑪最先冒出地面，他立刻戴上太陽眼鏡，因為地鼠的眼睛對亮光很敏感。

他們在一個散發霉味的大房間裡。木質地板上鋪了舊地毯，還擺了一排一排的小桌子。每張桌子前有一盞桌燈，還有一張咖啡色皮椅。這些桌子四周有很多書架，書架上放滿了書。

「這種地方有個特別的名字。」小柳讚嘆說。

「沒錯。這叫圖書館。」小蘭說。

「好像是……書地，」小柳完全不理小蘭說什麼，「冊所……字庫……」

「我說了，這叫圖書館。」小蘭說。

「字間……圖屋……讀室……」

「圖、書、館！」小蘭推開小柳，大步走進這個房間。

依莫·歐瑪快速走到放詩集那一區，其他地鼠四散各處，急著探索這個地方。

這間大圖書館有一扇很大的門通出去，小蘭推開那扇門，面前是錯綜複雜的廊道。她低聲吹了個口哨，「這地方到底有多大呀？」她大聲說著，出了那扇門，繼續往前走。

每隔一小段就會經過一扇又一扇上鎖的門，每一扇小蘭都試著打開，但是沒有一個打得開。小蘭覺得挫折，很不高興。如果要當間諜去探查閃光森林的跳樹隊，那就必須找到方法離開這個圖書館。

正要回頭時，小蘭看到地上有一個可以掀起的開口。她彎下腰，耳朵貼近。能聽到聲音嗎？她不太確定。

此時，阿德在書架之間四處游走，到處抽出書本。有一整區專門放一份報紙《閃光森林通訊報》。他隨手拿起一份，看到標題，吃了一驚：

閃光森林通訊報

閃光森林新市長

選舉結果出乎意料，神祕的新居民銀狐薩貝勳獲得154票，當選為閃光森林市長！前市長麥塔維卸任，即刻生效。閃光森林大部分居民對選舉結果「深感震驚」，因為和善的麥塔維擔任市長多年，一直很受歡迎。

「我對閃光森林有個大計畫，」薩貝勳說，「麥塔維讓閃光森林的居民可以懶散、醜陋、散發臭味。但是現在要改變了。我要把這個地方弄乾淨。蓋旅館！鋪馬路！蓋主題樂園！購物中心！前往太空的發射站！相信我，錢馬上就會滾滾而來，大家都會發大財，做夢也想不到的發財！」

本刊無法採訪到麥塔維市長，附近有一隻蚯蚓指出，他已經「搭上一趟長途郵輪去北極圈看企鵝」。

「哇，薩貝勳這樣就當上市長，他一定很聰明，」阿德說，「而且他看起來好酷喔。不知道是不是所有長大的狐狸都穿得那麼好看。」

跳過來看的小柳，大翻白眼。

「開口閉口都是薩貝勳，」她直截了當說，「你是不是忘記了，那個混蛋想奪走我們的瘋狂森林？」

「當然沒忘記，」阿德說，「不過老實說，根據那張地圖，瘋狂森林已經在閃光森林裡了啊。」

小柳瞇起眼睛。

「哼！我覺得那是一張爛地圖。而且，戴德斯怎麼辦？要讓我相信薩貝勳，他還差得遠……不過，我倒是可以把他丟得很遠、很遠。」這隻可愛的小兔子說。

這時，鴨子英格麗已經跳到書櫃最上面，正在拍打天花板。

「你在幹麼？」小柳大喊。

「如果我們要完成任務，就必須想辦法離開這個都是書的房間！」她呱呱叫，「啊哈！」

　　阿德和小柳跑過去看。

　　英格麗發現一個通氣管路，她試著把罩在開口上的鐵絲網咬下來。

　　「去把你那個兇暴的姐姐叫來，」她對阿德說，「我可以利用她那些毛茸茸的肌肉。」

　　小蘭正在地板上的小開口附近到處聞，聽到阿德在叫她。她衝過去發現阿德指著書架上面的英格麗。

　　「姐姐，她找到出口了！」阿德說。

**噢，幽閉恐懼症嚴重發作！
還好你找到出口！
但是，我現在卻被困在一個
火柴盒裡。呃，拜託誰來救
我一下？哈囉？**

大家都在眨眼睛調整，適應光線和新鮮空氣。樹幹之間掛著小燈泡串，風鈴在微風中叮叮噹噹。

　　他們確實來到閃光森林了。

　　「我們要怎麼找到跳樹隊呢？」小蘭問。

　　「啊哈！」英格麗搖搖一個塑膠盒，它看起來很薄。「用我這個簡單又堅固的極機密衛星導航系統。」

　　彈簧跳出來，一顆螺絲迸開，盒子有一部分掉下來了。

　　「噢。」英格麗說。

　　小柳指著一個標誌，上面寫著「跳樹練習場……由此去」。這真的非常有用。

幾分鐘之後，小柳、阿德、英格麗、小蘭躲在一叢長刺的樹叢後面，偷偷窺探閃光森林的跳樹隊。

「噢——喔，」小柳看著那些強壯又充滿精力的松鼠在做伏地挺身、鬥拳，「他們看起來好堅決。」

他們有頭盔、閃亮的連身運動服，而且身上的肌肉跟足球一樣大。

這支隊伍的教練是一隻鼬鼠，他戴著大太陽眼鏡，躺在一張沙灘椅上。

跳樹隊員個個厲害。他們爬上樹的速度超快，小蘭幾乎看不清。「跳樹！」他們大叫，在枝幹之間跳來跳去，簡直像個彈珠台。

「哇，」阿德說，「他們很厲害。」

「是啊，不過我們也很厲害。」小蘭不滿的說。

但是，她看得出來，閃光森林跳樹隊員似乎完全不會累。

不時就會有松鼠快步走到旁邊，拿起一個銀色瓶子灌一口。

「他們在喝什麼？」阿德問。

「看起來很像能量飲料，」小蘭說。「以前我和我朋友喝這種飲料，可以好幾天保持清醒。難怪他們不會累！」

阿德皺眉頭說，「但那是作弊！」

小柳開始爬出樹叢。

「我要去給他們一些顏色瞧瞧！」小柳說。

不過，英格麗把她拉回來。

「小兔子，不是這樣，」英格麗說，「我們要耐心等。要觀察。要仔細聽。我們要……呱！」

英格麗突然用翅膀摀住嘴，睜大眼睛。

「怎麼了？」阿德小聲說，「英格麗，你還好嗎？」

但是英格麗沒有回答。她凝視著遠方某個東西，看得太用力了，眼睛開始轉呀轉，看起來好奇怪。

大家都轉頭看英格麗在看什麼。

他們看到他了。

另一隻鴨子搖搖晃晃進入眼簾，他停下來跟躺在沙灘椅上的鼬鼠聊天。小蘭拼命想聽出他在講什麼。

「……當然，我演的第一齣戲，後來在倫敦西區連續上演了好幾個星期。那是個驚喜！我想你可以說，我可能被演戲蟲咬到了，哈哈哈！」

英格麗驚呼一聲。「我愛上他了！」她宣布。

「蠢鴨，冷靜點，」小蘭說，「我們要保持低調。」她試著用手掌壓住英格麗讓她不要亂動，但是太遲了。

英格麗盡可能快速擺動她的小腳，走向那隻鴨子，一邊走一邊把羽毛弄得蓬蓬的，還調整她的圓盤帽，然後優雅的展開翅膀。

那隻鴨子看到英格麗，吃了一驚，伸出翅膀來攙扶她。

「非常榮幸能認識你。」他低聲說著並鞠個躬。

英格麗害羞的呵呵笑，眨眨睫毛。

「請讓我自我介紹，」那隻鴨子說，「我是查爾斯·佛瑟林格爵士。」

「我是英格麗。」英格麗只要名字就好，她可不需要什麼姓氏。

164

「什麼事讓這位如此美麗的鴨子來到閃光森林呢？」查爾斯爵士的眼睛變成愛心狀。

英格麗又呵呵笑了。

「噢，我只是到處走走，」她說，「這裡真是像仙境一樣。」

「你看過我們的劇院了嗎？」查爾斯爵士說。

「劇院？」英格麗大喊，「你一定要馬上帶我去看看！因為我是個很有經驗的演員！舞台及螢幕都演過！」

查爾斯點點頭，「我看得出來。我一見到你，心裡就想，那隻鴨子很知道怎麼表演呢。嗯，我們一定要馬上出發。」

「英格麗！」阿德小聲叫，「回來呀！我們怎麼辦？」

英格麗回頭，一雙大眼睛看著阿德。

「小狐狸！我想我終於找到了……我的繆思男神！」她陶醉的說。

接著這對鴨子搖搖晃晃走進夕陽中。

噢，真是浪漫！
如果我沒弄錯的話，
這就叫做「一呱鍾情」
吧！我一定要趕快找
齊參加婚禮用的皮鞋。
總共有十四隻。

小蘭生氣說，「英格麗跟那個時髦鴨子走了，不用多久，薩貝勳就會發現我們在這裡！」

阿德囁嚅著，「但……但是……我們不能拋下英格麗就這樣回去啊！」

「她可以自己照顧自己，」小柳說，「她很強悍的。」

「我可以之後再回來找她，」小蘭說，「現在，我們快閃！」

他們趴到地上，安靜的爬回圖書館。

第十一章
旋轉陀螺

小蘭很不擅長宣布壞消息。

「那隻鴨子走了，」她說，「她談戀愛了。整件事實在太荒謬。」

「不！不要是英格麗啊！」戴德斯跌坐在椅子裡。「真不敢相信！他們不只想偷走我們的家園，還帶走我們最出名的鴨子！」

「我確定她會回來的，」阿德說，「她只是太興奮了。她絕對不會拋棄瘋狂森林劇團的！我們是她的榮耀與喜悅。」

「唉，小狐狸，愛情的力量，你不懂。英格麗一旦陷入愛河，就會陷得很深、很快、很用力。**她已經結過四次婚！**」

「噢。」阿德說。

「還有，瘋狂森林最棒的詩人——依莫‧歐瑪呢？」戴德斯哭喪著說，「他在哪裡？還有他那群小地鼠夥伴呢？」

「地鼠進了閃光森林圖書館，就待在那裡了。」小柳說，「我們把他們留在詩集區。老實說，那裡真的滿酷的。」

「大家真的都在離開我……」戴德斯啜泣著。

這時候，法蘭克擔心的是閃光森林的跳樹隊。小蘭告訴他，對手很厲害——是真的很厲害。

「你確定你看到他們灌能量飲料嗎？」法蘭克說。

小蘭點點頭。

「那種罐子到哪裡我都認得。以前在大城，喝那種飲料，我可以好幾天保持清醒。有一次我朋友阿籬喝了三罐，她的毛都變成紫色了。」

瘋狂森林跳樹隊開始哀嚎，誇張到把自己往地上摔。

「完蛋了！我們死定了！」小紅叫道。

「我們絕對不會完蛋！」法蘭克罵道，「站起來，排隊排好。讓我看看你們強而有力的姿勢！我要讓那些穿著連身運動服的閃光森林松鼠，嚇得發抖！」

松鼠們一陣忙亂，調整安全帽、試著擺出可怕的樣子。

橡果　　　樹葉　　　浴帽　　　半截柳橙皮

法蘭克嘆了一口氣，「我們完蛋了。」

「等一下，」小柳說，「我們可以去弄到很多能量飲料嗎？」

小蘭笑了。「那些是上等好貨，這裡不可能有的。你的朋友薩貝勳一定是掏出大把大把錢來買。」

「我們必須讓他們嚇一跳才行。」法蘭克喃喃自語，「讓他們料想不到、措手不及。可能要有個新動作。」

就在這時，一聲巨響「**砰**」，爆炸的亮片四處飛散。

「**抱歉喔！**」潘蜜拉從神奇塔上大叫。她和趴踢烏鴉夏倫還在試著發明全世界最大的亮片發射砲。兔兔村的義工報名參加發射測試，這表示，每隔幾小時，就會有一隻兔子隨著彩色亮片雲團，飛到空中。這次是三隻兔子一起，他們手牽手，像一架毛茸茸的飛機那樣在空中滑翔。

　「那些兔子能夠存活下來，可真是奇蹟啊，」戴德斯嘆了一口氣，搖搖頭甩掉角上的亮片。

　小蘭看著法蘭克，她的眼睛在發光。「就是它！」她說，「我們應該用這個動作！」

松鼠們抬頭看著她，一臉困惑。

「沒錯，」法蘭克也看著那群小兔子，「這樣應該可以。」

那天整個下午，法蘭克、小蘭和松鼠們忙著開發全新的跳樹動作。法蘭克一下口令，松鼠們抓住彼此的尾巴，形成一條毛茸茸的長鏈。小蘭是他們的祕密武器，她在這條長鏈的最後面。接下來，這條長鏈要用力快速轉動，小蘭的尾巴就能把任何跳樹對手掃到地上。

「這個動作太酷了！」小柳說，「我們要給它取個名字！」

阿德的腦袋轉啊轉、轉啊轉，他試著跟上這些旋轉的松鼠。

「叫它『旋轉陀螺』怎麼樣？光是看著就讓我頭暈！」

小蘭和松鼠們快速旋轉，快到看起來一團模糊。

法蘭克吹哨，整個隊伍紛紛掉到地上。

他笑出來，「這是我看過最瘋狂的事。這招可能真的管用喔！」

讓我想起，以前在我家附近的保齡球俱樂部，我發明一個新動作。要不是那個多管閒事的蜈蚣莫珍娜，我可能會得到冠軍。
珍娜，給我記住！

第十二章
兩天前的那一天的前一天

比賽前一天，大家都緊張到最高點。

瘋狂森林跟閃光森林的對抗大賽之前，這是最後一次練習了。法蘭克停在一棵大橡樹的枝幹上，潘蜜拉和趴踢烏鴉夏倫站在他旁邊，因為法蘭克勉強同意她們可以當啦啦隊。

「**喔、哦、噢耶！**」趴踢烏鴉夏倫大叫，她還一邊飛踢、甩動彩球、吹響塑膠小喇叭。

　　「耶！瘋狂森林！」潘蜜拉用望遠鏡看著跳樹隊。

　　「潘蜜拉，記住我們的約定，」法蘭克低聲說，「你不能吃掉任何選手或觀眾，知道嗎？」

　　「但是他們看起來這麼多汁又有毛。」她嘆了一口氣。

　　法蘭克生氣的叫了一聲，接著轉頭對著跳樹練習場，用擴音器大喊，「大家就位！」。

　　小蘭跳上一棵樹幹等著。她日夜練習，尾巴練得比以前更強壯了。

「預備⋯⋯瞄準⋯⋯**跳~樹~！**」

小蘭蹦離那棵樹，在三個枝幹之間快速跳來跳去，快得她都沒注意到，自己把兩個隊友撞得墜地了。

「旋轉陀螺！」法蘭克大叫。

多虧好幾小時練習，瘋狂森林跳樹隊的新動作已經練得相當完美。松鼠連起來成為一條長鏈，在空中甩盪，看起來好危險。小蘭的尾巴強壯到撞到東西也沒有感覺。小蘭笑了。閃光森林一定會嚇破膽的。

戴德斯拿著一隻掃把團團轉。

「答滴──答滴──答」，他自己對著自己唱歌，通常這表示他非常緊張，「要迎接閃光森林的賓客，最好把這地方弄漂亮一點，對吧？」

幾隻河狸穿著連身工作服、戴著安全帽，他們正忙著搬木頭，建造一座亂七八糟的看台。

「點心怎麼辦呢？」焦急的戴德斯搔搔鹿

角，「我們要拿什麼當點心？我有足夠的餐巾嗎？噢，天哪，天哪！」

法蘭克飛到他的朋友身邊。「市長，」他溫和的說，「我們會安全過關的。你看看那邊，我們的狐狸朋友，她是我們的祕密武器，沒事的。」

戴德斯瞇著眼睛看著樹木，看到小蘭拼命跳樹，迅捷的亮橘色身影映襯著藍天。戴德斯輕輕笑著。

「這兩隻狐狸找到這裡來，我們真是幸運啊。」他自言自語。

　　「戴德斯，我知道，我們有機會贏。」法蘭克摟著老朋友的肩膀說。

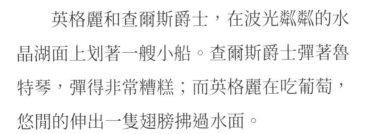

真是令人感動啊！
但是，來吧，現在我們必須把鏡頭轉向**閃光森林**，要很小心的爬進這艘船裡喔。

　　英格麗和查爾斯爵士，在波光粼粼的水晶湖面上划著一艘小船。查爾斯爵士彈著魯特琴，彈得非常糟糕；而英格麗在吃葡萄，悠閒的伸出一隻翅膀拂過水面。

　　「親愛的，」查爾斯爵士說，「你似乎有心事。有什麼不對勁嗎？是不是因為我彈的魯特琴？」

　　英格麗用另一隻翅膀對他擺擺手。

　　「不是的，親愛的，」她嬌柔的說，「我只是在想我在瘋狂森林成立的劇團。你知道嗎？我們有些演員非常有天分的。如果能讓他們看看這裡的劇院，那有多好啊。」

　　查爾斯爵士笑了一下。

　　「噢，我不確定那是不是個好點子，」他說。「我親愛的英格麗，在閃光森林，我們要的演員

是有某種……某種標準的。」

英格麗被激怒了。她拉下太陽眼鏡。

「你的意思是，我是不夠格的演員嗎？」她尖聲說，「告訴你，我演過《玩命狂飆3》的配角！」

查爾斯爵士點點頭，「噢，是啊是啊！親愛的，你是最棒的、你很完美！我只是不確定你的……你叫他們什麼？『瘋狂森林劇團』。總之，等到瘋狂森林被閃光森林併吞後，何必還留著他們呢？」

英格麗把太陽眼鏡推上去，皺著眉頭很不高興，她突然很想往新丈夫的鳥喙上揍一拳。只有**她自己**才可以批評瘋狂森林劇團的成員。不過，這時候，她看到遠處，閃光森林跳樹隊的練習時間正好結束。

「划過去那邊。」她下令。

「我會為你做任何事，親愛的。」查爾斯爵士說。這對鴨子划水靠向岸邊。

閃光森林跳樹隊脫掉安全帽、甩甩身上的毛。

「托比，跳得不錯喔，」其中一隻松鼠狂飲銀色罐子裡的飲料，「這種超級特別的能量飲料，能讓尾巴撐在空中，是吧？」

「是啊，老兄。」另一隻松鼠說（他應該就是「托比」）。

「明天的比賽，就像在公園走路一樣輕鬆啦。瘋狂森林那些邋遢鬼，一定會暈頭轉向，被什麼東西打到都搞不清楚。」

這些松鼠互相乾杯，大口喝下飲料。

他們不知道，有一隻鴨子在看著他們。

一隻生氣的鴨子。

一隻生氣的鴨子，而且以前曾經是間諜。

我認為，那隻鴨子
正在謀劃什麼⋯⋯

隔天早上，小蘭醒來，凝視著天花板。

她並不緊張，只覺得興奮。

她知道閃光森林是很難打敗的隊伍──尤其如果他們灌了那麼多能量飲料。但是她也知道，「旋轉陀螺」這個新動作，可以讓瘋狂森林獲勝。戴德斯能保住工作，瘋狂森林能夠安全，小蘭打從心底知道。她看看阿德睡的床舖。阿德已經去跳樹競技場做準備了，床上有一張卡片，準備要寄出去。

親愛的媽媽爸爸：

　　今天早上就是盛大的跳樹比賽，真是興奮！小蘭對這件事好像非常鎮定，她很從容。我們都很興奮，因為閃光森林所有居民都要過來看這場比賽，包括薩貝勳，他是閃光森林的市長，而且他是一隻狐狸！其實他還滿酷的。呃，除了他的大計畫之外。他想把瘋狂森林蓋成一個主題樂園。但是他答應，如果我們贏了，他就不會蓋。真是鬆了一口氣！我希望你們能在這裡看小蘭比賽，但是我會代替你們兩個為小蘭加油，希望她好運。

　　我愛你們

　　阿德

小蘭搖搖頭。她弟弟總是看到別人的優點，連看待狡猾的薩貝勳也不例外。想到比賽時聽到額外的加油聲——代表爸爸媽媽，小蘭突然得要迅速眨眨眼睛。

　　「好了，夠了，」她對自己說。「我需要咖啡。」

　　接著她聽到一個聲音。

　　有東西丟進狐狸窩。是一張紙條，綁在一顆小石頭上。

　　她趕快過去看看是誰丟的，但是把鼻子伸出狐狸窩時，她沒有看到是誰、也聞不出氣味。小蘭回到窩裡，打開紙條。

我知道你的爸媽在哪裡。
十分鐘後到神奇塔見面。單獨來。

小蘭眨眨眼。這不是真的吧⋯⋯是嗎？

她坐下來仔細檢查這張紙條，肚子開始翻攪。

沒有別的選擇，她得要去這一趟。比賽好幾小時之後才開始，所以她還有時間去一趟神奇塔，再回來暖身。

「如果有誰故意騙我，」她低吼，「我一定會把他的耳朵咬掉。」

神奇塔周圍非常安靜，安靜到有點詭異。潘蜜拉和夏倫在跳樹競技場做現場實況廣播節目。其實瘋狂森林大部分動物已經在那裡了，熱切等待閃光森林的居民到場。

小蘭看看四周，但是看不到任何蹤影。

「哈囉？」小蘭大喊，「到底是誰啊？」

沒有回答。

「給你五秒鐘，馬上出來，否則我就走了。聽到沒？」

還是沒有回答。小蘭開始倒數：

「五……四……三……二……一……」

砰。

「哎啊！」小蘭大叫，伸掌摸摸頭後面，搖搖晃晃向前倒。在她閉上眼睛之前，看到一抹銀色，接著就整個癱軟倒在地上。

但是，她是我們的明星選手啊！糟了……

第十三章
緊張萬分

　　小蘭呻吟，伸手摸頭，可以感覺到腫了一大包。

　　「她醒了！」小蘭聽到細微卻興奮的說話聲。

　　她聽到碰撞聲，還有走向她的腳步聲。

　　她強迫自己睜開眼睛，發現身在一個又暗又靜的地方，旁邊有燭光閃爍。

　　「哈囉！覺得怎麼樣？你撞了一個大包呢。」有個溫柔的聲音說。

小蘭慢慢轉頭，看到一隻兔子。那隻兔子露出大門牙笑著，而且好像缺了一隻耳朵。

　　「我是阿茉，」那隻兔子說，「他也抓到你了？」

　　小蘭很困惑。

　　有隻鴿子飛到小蘭胸口上，拿著放大鏡開始檢查她。

　　「走開啦。」小蘭虛弱的說。

那隻鴿子的頭，左右快速轉動，「請看著我的喙。跟著我的喙看這邊……看這邊……然後再看這邊……」。

「哎。」小蘭說。

「可汗醫師，也許我們讓她再清醒一點吧。」阿茉端來一杯水，溫柔的放在小蘭的嘴唇邊。

「咖……咖啡？」小蘭的聲音很粗啞。

幾分鐘之後，小蘭已經坐起來，啜飲熱咖啡。她身邊圍了一群動物。

「我在哪裡？」小蘭問。

「你在閃光森林，」阿茉說，「跟我們在一起！哈囉。」

小蘭試著站起來，但是她的腿搖搖晃晃的。

「我得走了，」她說，「跳樹比賽快開始了。我必須回到瘋狂森林。」

「哈！」有個熟悉的聲音說，「恐怕是不可能逃出去的，我們已經試過了。」

小蘭轉頭看，是一隻看來很悲傷的鼬獾，她驚呼一聲——那是晃頭的哥哥莫第，他的衣服又破又髒。在莫第後面是傑若米、傑洛米、傑諾米，看起來全都很落魄。

　　「哇！你們在這裡幹麼？為什麼不能出去？我必須出去！」她開始用力敲牆壁。

　　「我們被關起來了，」莫第說，「那個薩貝勳是個大壞蛋！」

　　小蘭抬頭一看，才知道整間屋子有多滿。兔子、小老鼠、大田鼠、貂鼠、松鼠，全都擠在一起。一面牆壁上有個水龍頭，慢慢滴出土色的水；有一個大湯鍋架在火堆上，湯在冒泡。

　　「我在監獄裡！」小蘭大叫。她開始怒吼，到處尋找逃出去的路。

　　「小姑娘，省省力氣吧。」有個沙啞的聲音說。「相信我，我們都已經試過了。」

　　小蘭看到一隻非常蒼老的松鼠，坐在溜冰鞋

上溜到她這邊來，伸出手掌。

「我叫麥塔維，很高興認識你。我是前任市長，在那個大騙子接管閃光森林之前。」

「哇，」小蘭說，「為什麼你們都在這裡？」

「薩貝勳說，我們不符合他所謂的規定。」麥維塔難過的搖搖頭。

「閃光森林大憲章。」小蘭輕輕的說。

「住在閃光森林的，大部分都不符合他那些荒謬的規定，」麥維塔說，「所以，他就把我們丟到這裡來！他說，只有『最好的』（以**他的想法**），才能出現在改造過的新閃光森林。」

小蘭不敢相信自己聽到的，「但是，你們不能永遠被關在這裡啊！」她大叫。

「噢，其實沒那麼糟啦，尤其如果習慣黑暗的話。」莫第說。

噗——。

「噢，還要習慣傑若米的大臭屁。傑若米，你忍一下嘛！」

「對不起。」傑若米說。

「那薩貝勳把他的大計畫告訴你了嗎？」麥維塔說。

「計畫？蓋他那座愚蠢的銀城主題樂園嗎？是啊，他是有告訴我們。他想搶走神奇塔，在瘋狂森林到處鋪馬路、蓋購物中心、旅館這些無意

義的東西。」小蘭說。

「他說，等到時機成熟，可能會讓我們為他工作，」阿茉嘆了一口氣，「我們可真是幸運啊！」

「問題是，」麥維塔皺著眉頭說，「薩貝勳總是能得到他想要的，不擇手段，就算要作弊跟說謊！你想他是怎麼當上市長的？」

有一隻戴著破眼鏡的大田鼠，對著小蘭揮揮一疊紙。

「我把這些都寫下來了！」他叫道，「我們一出去，我就要出版一本書《**狐狸新聞：薩貝勳如何爬到最高位，然後把我們都關起來，沒有正當理由**》。」

「很有吸引力。」小蘭說。

這時，輕輕喀噠一聲。

小蘭抬頭看。

天花板上有個小開口打開了，許多巧克力棒掉到地上，讓小蘭聯想到以前在大城的販賣機。

大家紛紛搶拿巧克力棒，接著是大嚼起來的聲音。

「是誰來餵你們？」小蘭對那個開口點點頭。

「不知道，」阿茉說，「我們從來就看不到。」

開口啪一聲關上了，同時，一陣新鮮空氣飄下來。小蘭的鼻子非常靈敏，她能聞出空氣裡有一種特殊的味道——她聞到的是……書。

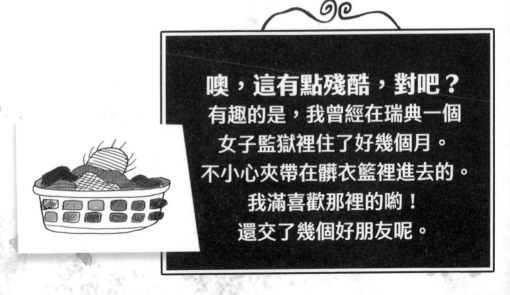

噢，這有點殘酷，對吧？
有趣的是，我曾經在瑞典一個
女子監獄裡住了好幾個月。
不小心夾帶在髒衣籃裡進去的。
我滿喜歡那裡的喲！
還交了幾個好朋友呢。

幾乎所有住在瘋狂森林和閃光森林的居民，都擠在跳樹競技場旁邊。

　　「一年一度最重要的運動賽事！」潘蜜拉的聲音從綁在幾棵樹上的喇叭傳出來。

　　「**噢，耶！噢嘎、嗚嘎、噗嘎！**」趴踢烏鴉夏倫一邊跳舞、一邊揮舞彩球。在許多方面來說，興奮過頭的啦啦隊長是她夢寐以求的工作。

「瘋、狂——
森、林——
加油——

加油——
加油、加油、加油！」

「**瘋、狂——噢**，那些是可樂罐嗎？噢，可樂、可樂、可樂可樂可樂！」

戴德斯、小柳和晃頭，擠在瘋狂森林的看台，戴德斯在啃他的蹄，晃頭在吃爆米花。

「我知道他們是我們的對手，但是他們看起來好帥啊。」小柳看著閃光森林的支持者，個個打扮得時髦亮麗，「而且，他們聞起來好香啊，對不對？」

戴德斯也有同感，但是他太緊張了，只答了一句「小黃瓜！」，這一點幫助也沒有。

晃頭在油頭粉面的群眾裡搜尋，想找到他的哥哥們。

「怎麼沒看到他們呢，這太奇怪了！他們絕對不會錯過這場比賽的啊！」他說。

會場上突然一陣騷動，接著聽到幾聲戲劇性的呱呱聲。「別擋著我！閃開、閃開！查爾斯，請走這邊。」

是英格麗。她走到瘋狂森林的看台，把查爾斯爵士拖在身後。

　　小柳立刻憤怒了起來。

　　「啊，我聞到很臭的味道，」她拒絕看英格麗，「聞起來像叛徒！」

　　英格麗大翻白眼。

　　「噢，是英格麗！」戴德斯叫道，「你回來了！」

　　英格麗點點頭。「當然，」她高傲的說，「只有傻瓜才會永遠離開瘋狂森林，但我可不是傻瓜。見見這位，我的新任丈夫，查爾斯爵士。」

　　「幸會。」查爾斯爵士對戴德斯伸出翅膀。

　　「我們以為你不會回來了。」晃頭笑著說。

　　英格麗氣嘟嘟的，在看台板凳上擠出一個位子坐下。

　　「胡說。我只是談戀愛而已，難道犯法嗎？你們以為我會不管『瘋狂森林劇團』嗎？真是完

全瘋了。讓開、讓開，挪個位子給我老公。
呱！」

　　同時，法蘭克停棲在他的特別座，假裝沒
有在擔心。

　　但是，其實，他真的很擔心。

　　小蘭在哪裡？如果沒有這個明星選手，瘋
狂森林會輸得很難看。

　　他問阿德，「小伙子，你確定沒看到
你姐姐？」阿德焦慮不已，把他的圍巾扭過
來扭過去。

　　阿德搖搖頭，「法蘭克，我在這裡一整天
了。我出門時，她還在睡。你覺得她會不會有
事？」阿德眼睛充滿淚水。

　　「忍住，」法蘭克說，「不能讓大家注
意到不對勁。我們的跳樹隊已經夠緊張了。」

法蘭克看著瘋狂森林跳樹隊，他們在調整安全帽、伸伸尾巴做伸展，並且跟隊友握拳互碰。誰都看不到閃光森林跳樹隊，因為他們是搭乘一輛私人拖車來的。那輛拖車周圍，由蘇珊和法蒂瑪架起紅絲絨阻隔鏈，她們倆都戴著太陽眼鏡，拿著對講機。拖車門邊有個標示寫「閃光森林專用」。

「比賽還有多久開始？」阿德問。

「只剩十分鐘了，」法蘭克說。「也許我們請潘蜜拉飛去快速搜尋。如果有誰能找到小蘭，那就是潘蜜拉。但是一定不能讓大家發現小蘭不見了，那會引起騷動！」

「好的。」阿德說。他快步跑向潘蜜拉的DJ播音間，在她耳邊悄聲說話，然後潘蜜拉在趴踢烏鴉夏倫耳邊小聲說了幾句，就飛

到空中。

趴踢烏鴉夏倫拿起麥克風。

「OK，喲呼，啊嗚嘎！大家聽好！現在由 DJ 夏倫為你服務！」

群眾響起歡呼。

「我接手潘蜜拉，」夏倫叫道，**「因為她去尋找瘋狂森林的明星選手——小蘭。她徹底失蹤了！」**

群眾一陣驚呼。

「不會吧！」戴德斯大叫。

「噢，糟了。」法蘭克說。

瘋狂森林跳樹隊大多數隊員都昏倒了。

就在這個時候，薩貝勳走出拖車。閃光森林支持者全都開始瘋狂歡呼。

「好、好、好，」薩貝勳對著他的群眾揮手，「真是想不到啊。瘋狂森林的明星選手竟然失蹤了？遺憾、遺憾。」

「噢，真是的，太可惜了。我希望她沒事，」閃光森林跳樹隊隊長芮娜說，「那隻狐狸似乎滿酷的！」

薩貝勳轉身，瞪著芮娜。

「呃，你想贏，對吧？」薩貝勳提高聲音說。

芮娜點點頭。

「那就好。因為閃光森林只能有贏家。別多說了，把這個喝下去。」

薩貝勳用腳勾來一箱銀色罐子。

「遵命，薩先生。」芮娜大口喝下飲料，退回拖車裡。

薩貝勳笑了。再過不久，瘋狂森林和神奇塔，就會永遠屬於他……

故事說到這裡，你覺得他是
不是應該笑得很邪惡呢？
我真的覺得這裡要有邪惡的
笑，你知道我的意思嗎？
像這樣：
哇哈哈哈哈哈哈！！！

第十四章
毛毛滿天飛

　　像這種時候，小蘭真的很希望，她的手機還在身邊。

　　她想到潘蜜拉是怎麼偷走她的手機，喃喃自語：「臭老鷹！」。

　　「大家聽好，」小蘭說，「我想我知道我們在哪裡了。如果我們能從這裡逃出去，我們就能逃出閃光森林。」

　　大家都說：「噢——」

「你確定嗎？」麥塔維問。

小蘭點點頭。

「相信我。但是我需要你們一起幫忙。」

莫第、傑若米、傑洛米、傑諾米，全都立正站好。

「小蘭，你也知道，我們之前的行為完全是徹底的混蛋，尤其是對晃頭。」莫第說，「他的朋友就是我們的朋友。我們能幫忙什麼？」

小蘭叫道，「對，你們對他真的太壞了。等我們回到瘋狂森林，你們自己去跟他說。現在，你們要讓我能碰到天花板上的開口。」

大家都抬頭看著那個小開口。

小蘭指著鼬獾兄弟們，「你們一個站在另一個的肩膀上。」

鼬獾們手腳飛快，一個接一個爬上彼此的肩膀，變成一座搖搖晃晃的鼬獾塔。

大家屏氣看著小蘭勇敢爬到最上面，她不時

踩到某隻鼬獾的鼻吻、或是手
肘撞到誰的肚子。

　　「現……現……現
在怎樣？」莫第往上面
喊。他是最下面那個，
頂著三個弟弟和小蘭的
重量，氣喘吁吁。

　　「現在……
我 們 要 等。」
小蘭說。

「喔。哎呀……」莫第跟鼬獾兄弟們搖來晃去。

「下面的，撐穩一點！」小蘭叫。

「是，母親大人。」莫第囁嚅著說。

他們等著。

等著。

等了又等。

他們聽到一個聲音。

那個開口打開了。

小蘭像閃電一樣，瞬間一跳，一手抓住開口的邊緣。一隻穿著制服的大田鼠打開那個開口，他才剛剛說了一聲「噢！」，就被小蘭抓住了，在她掌中晃來晃去。小蘭看看上方那個空間，聞一聞。就跟她想的一樣，他們就在閃光森林圖書館底下。

那隻大田鼠懸在半空中扭動。

「放我下來！」他生氣的吱吱叫。

「好啊。」小蘭說著，鬆手讓那隻大田鼠碰的一聲掉在牢房地上。

「快點，」她對那些被關起來的同伴說，「我們不能杵在這裡。大家開始往上爬，動作快！」

大家開始爬上這座鼬獾樓梯，直到小蘭所在的最頂端。麥塔維和一些比較老的動物，最先被帶上去。

「真是了不起！」麥塔維一邊說、一邊眨眼適應光線。「小蘭，你成功了！真是勇敢又聰明的狐狸。」

不久，在開口四周就聚集了一群又髒又臭的動物。阿茉在圖書館裡找到一張破舊窗簾，她把窗簾撕成許多長條，然後綁成一根繩索，從開口垂下去。

「上來吧！」她叫道。她和其他已經在上面的動物，一起把莫第、傑若米、傑洛米、傑諾米都拉上來。

「那我呢？」那隻大田鼠說，「我對不起你們！我一定會乖乖聽你們命令的！」

小蘭哼了一聲，把開口關上。

「如果有誰看到我們走出這個圖書館，我們就死定了。」阿茉說。

小蘭搖搖頭。

「這裡有一條祕密通道，通向瘋狂森林。誰知道這座圖書館的主空間在哪裡？就是那間有很多桌椅的？」

麥塔維搔搔耳朵。「我想是那個方向。」他說。

動物們紛紛湧向走廊。

小蘭注意到有一扇門關著，上面寫著「地圖室」。

「咦，」她自言自語。「大家等一下，」她叫道，「我進去這間很快看一下。」

她輕輕轉門把，但門把脫落在她掌中。

「小蘭，別擔心！」莫第說，「請你讓開好嗎？」

　　莫第直接衝向那扇門，用他那顆齜獰大頭把門撞開。

潘蜜拉飛回跳樹比賽場時，法蘭克已經救醒大部分瘋狂森林跳樹隊員了。

「振作！」他叫道，「我們還是有機會贏的。你們必須相信自己！你們相信自己嗎？」

「耶！」松鼠們大喊回答。

「就算沒有小蘭，我們還是可以做『旋轉陀螺』好嗎？我們要拿出最棒的跳樹表現！」法蘭克說，「為戴德斯！為我們的家園！但是最重要的是⋯⋯為了你們自己！」

戴德斯埋進手帕裡大哭。

「我好高興法蘭克晚上固定來我這裡一起看電影，」他抽抽噎噎的說，「他現在比以前更會演講了。」

阿德跑向他的朋友。「潘蜜拉說，她到處找不到小蘭。我不懂。她不可能錯過比賽的。」阿德說。

「是啊，她一定碰到麻煩了。快來，」晃頭

站起來摟住阿德說，「大家在這裡看比賽，我們去找她。森林裡比較安靜，這樣可能會比較好找一點。」

「晃頭，我愛你。」阿德把頭埋進晃頭的胸口一會兒。

他們跑進森林。

最後一分鐘團隊講話，瘋狂森林跳樹隊圍成一圈抱在一起，擺動尾巴擊打地面。

「瘋狂森林，加油、加油、加油！」趴踢烏鴉夏倫叫道，群眾跟著歡呼，兔兔村所有兔子跳上跳下，感覺好像發生了小型地震。有一隻名叫貝若的貂鼠，揮舞著一支發泡塑膠材質的超巨大腳掌，旁若無人。

閃光森林跳樹隊終於走到場上，穿著簇新的制服，光亮的毛色在風中擺動。他們不像瘋狂森林的選手，他們紋絲不動、保持沉默。

「他們看起來好堅決。」小柳捧著一杯像她

215

的頭那麼大的思樂冰吸著。

閃光森林啦啦隊員是一群白色小老鼠，他們的鼻子是粉紅色的，短裙也是粉紅色的，以跳躍步走進場中，跳起非常複雜的舞蹈動作，還包括噴火、雜耍和溜直排輪。

「這些我以前都看過了。」英格麗打了一個呵欠。

查爾斯爵士為了表示支持而翻了個白眼。

在表演最後，這些小老鼠用尾巴上的仙女棒拼出「閃光森林」字樣。接著是艾努絲卡坐在一朵假雲上，

表演一首關於蛾的悅耳歌曲。

「噢，她的聲音真像天使，對不對？」戴德斯說。

「我卻覺得她的歌聲非常乏味。」英格麗生氣的搖著扇子。

但是薩貝勳卻笑得燦爛，非常自豪。

「我們的女歌手！」他拼命拍手，「她真是完美對吧？」

現在輪到瘋狂森林了。

潘蜜拉和趴踢烏鴉夏倫走到賽場中。依莫‧歐瑪急忙從閃光森林看台跑過來，看起來有點心虛。

夏倫開始模仿鼓聲。

潘蜜拉開始跳老鷹霹靂舞。

依莫‧歐瑪朗誦他的詩作。

我們跳到空中

用頭去撞樹

我們不顧一切飛翔

希望我們不會死掉

我們尾巴強壯

我們愛這個森林

我們會獲勝

耶！他們叫我們瘋狂森林

（完）

群眾歡呼、拍手。

趴踢烏鴉夏倫太過興奮，頭上頂著一個迪斯可反光球，開始在場上翻滾。

「要小心啊，夏倫。」戴德斯擔心著。

「夏倫，是這裡啦！」小柳大叫。

但是夏倫戴著包覆型太陽眼鏡，這表示她看不到方向，結果她掉進一個大坑裡。

薩貝勳揚起眉毛看著整場表演。

「這表演可真是……有趣。」他輕蔑的說。「我們可以開始了嗎？」他看著法蘭克。

法蘭克點點頭，然後看著瘋狂森林的松鼠們，「來吧，跳樹隊。我們全力以赴！」

松鼠們圍成一圈，往中間伸出手掌。

「噢——噢——噢——耶！」他們呼喊著。

法蘭克拿起擴音器。

「預備……瞄準……」

「跳～樹～！」

雙方隊員紛紛跳到空中，觀眾伸長了脖子看。起初幾秒鐘只看到毛茸茸的動物飛來飛去、一片模糊，伴隨著大叫「跳樹！」的聲音，松鼠們在樹幹之間跳躍，看起來好像長毛的乒乓球。

「阿莎，划的動作要更用力！」法蘭克叫著，「小賈，抓得好！」

「現在狀況如何？」戴德斯叫著，他臉上掛著一個英式海綿蛋糕，「我不敢看！」

「還不錯啦，」小柳說。「目前還沒有相撞，而且我們的速度跟閃光森林一樣快。他們的能量飲料好像沒有發揮作用嘛。」

英格麗用翅膀掩著嘴偷笑。

小柳睜大眼睛看著她，然後開始蹦蹦跳跳。

「英格麗，你是不是偷偷動了手腳？你做了什麼？快告訴我！告訴我、告訴我、告訴我！」

「我把他們那可笑的能量飲料換成湖水。」英格麗得意的笑，「那座湖裡，有幾隻魚倒是挺能幹的。」

小柳歡呼拍手。

這時，薩貝勳皺起眉頭，因為他的團隊並沒有像平常跳得那麼快。

「怎麼回事？」他對法蒂瑪咆哮，「為什麼還沒有贏？比賽已經進行十分鐘了，還沒有一隻松鼠掉在地上！」

法蒂瑪聳聳肩。她有點受不了了。她決定回家之後要換個新工作，也許要找個好一點的老闆、有適當午餐休息時間的工作。

有一隻閃光森林的松鼠，試著把瘋狂森林的松鼠拽到地上。

「好了，瘋狂森林！」法蘭克大叫，「我們開始吧。旋轉陀螺！」

三隻瘋狂森林的松鼠手牽手連成一條，像閃電一樣迅速抓住正在往下墜的隊友，不讓她掉到地上。然後他們開始晃呀晃、愈晃愈快，像一條松鼠繩索，打到那隻閃光森林的松鼠，就好像他是一顆馬栗果實。

那隻閃光森林松鼠掉到地上。

瘋狂森林得一分！

大家都吃了一驚。瘋狂森林的支持者簡直樂瘋了！

彈！

「這招可能會成功！」小柳蹦蹦跳跳說，「我
們可能會贏！」

五分鐘之後……

整個瘋狂森林隊伍，全都都趴在地上。

比賽結束。

閃光森林贏了。

第十五章
閃光森林的變故

薩貝勳仰天大笑。

他大步走到戴德斯的座位。瘋狂森林跳樹隊
倒在角落，頭盔和連身運動服都裂開了。小紅在
哭，小柳跟法蘭克扶著其他松鼠站起來。查爾斯
爵士試著安撫嚎啕大哭的英格麗。夏倫和潘蜜拉
已放下加油彩球，飛回神奇塔了。這時候，閃光
森林的支持者拉開派對響炮，拿著接骨木花氣泡
飲料互相乾杯。

　　薩貝勳伸出一隻手。

　　「戴德斯，約定就是約定。吻別瘋狂森林吧！叫你那隻瘋鳥離開我的神奇塔。老傢伙，這場比賽，比得好！」

　　法蒂瑪從公事包裡拿出幾張紙。

　　蘇珊在手提袋裡找筆，忙亂一陣之後終於找到，感謝老天。

英格麗生氣的叫了一聲。「姓薩的，你是個騙子！」她嘶聲說，「你要知道，我是一隻有仇必報的鴨，我會想盡辦法毀掉你的人生！」

薩貝勳的眼睛瞇起來。他靠過去，這樣一來，閃光森林那邊群眾就聽不到他說什麼。

「閃光森林裡，大家都愛我。」他低吼，「你怎麼說都不會讓我的子民反對我的。你們最好開始去找別的地方住，因為閃光森林不會歡迎你們任何一個，這是毫無疑問的。」

戴德斯站起來。

「薩先生，我一直害怕這一天。我流過很多眼淚；我吃過很多餅乾。但是當我成為瘋狂森林市長，我發誓要以榮譽跟莊重來做這份工作，直到最後一天。所以，我必須接受失敗，因為這樣才是公正公平的，這也是瘋狂森林的作風。」

戴德斯臉上掛著淚，顫抖伸出手準備去握薩貝勳的手。

就在這時，有個聲音響起。「停！不要握他的手。戴德斯，不要！」

　　那是阿德。他盡可能跑動小腳，盡可能飛快的跑。

　　阿德後面是晃頭和小蘭。

　　在他們後面，是被關進薩貝勳的監獄囚犯。麥塔維坐在他的溜冰鞋上，由阿茉推著。

阿德發抖的手，指著薩貝勳。

「他是個騙子！」阿德大叫，「而且他騙了你們每一個！」

閃光森林的支持者看到這些老朋友出現，吃了一驚。

「是麥塔維！還有阿茉、還有可汗醫生！還有很多、很多來不及叫出名字的！」他們喊著。

「薩先生，」艾努絲卡說，「你對我們說，他們上了一艘遠洋郵輪呀！那也是謊言嗎？」

薩貝勳震驚到嘴巴開開闔闔。

「這隻狐狸說的話，一個字都不能相信。」小蘭指著薩貝勳，「他把這些動物關起來，因為他們不符合他那份愚蠢的《閃光森林大憲章》。」

大家都吃了一驚。

「還有所謂的官方地圖，那是假的！」小蘭說。

「我們在圖書館裡發現正確的地圖。瘋狂森

林根本沒有在地圖上──連閃光森林也不在地圖上。」小蘭說。

大家又是一陣驚呼。

薩貝勳怒吼，轉身面對閃光森林支持者。

「我這麼做都是為了大家！」他大喊，「你們難道不想看到銀城蓋出來嗎？你們難道不想發財，有錢到做夢也想不到的地步嗎？」

「你根本不應該當上市長的。」麥塔維說。

薩貝勳發出邪惡的笑聲。

「你這隻糟老頭松鼠，你就是氣我贏了選舉！」

但是這時阿茉舉起一個大袋子，把袋子裡的東西全都倒出來，許多紙片掉到地上。

「你還記得這些嗎？」她問。「閃光森林的選票作假。我們發現這些東西藏在圖書館。你根本沒有贏！」

「啊。你們找到地圖室，我明白了。」薩貝勳嘆氣。「那好吧。」

　　「他是冒牌貨！」艾努絲卡放下吉他，聲音
聽起來不太美麗了。

　　「他是壞蛋！」芮娜脫掉跳樹頭盔、大喊。

　　「他是騙子！」法蒂瑪撕掉準備要給戴德斯
簽名的紙。

　　這一瞬間，誰來自瘋狂森林、誰來自閃光森
林，已經不重要了。大家都站在一起，瞪著薩貝
勳。而他只有自己一個。

　　不過薩貝勳好像不在乎。其實，他還在笑呢。

「哈！笨蛋，你們都是笨蛋！」他大叫，「你們以為自己可以阻止我嗎？你們還不明白嗎？我想怎麼做就怎麼做！」

他爬進閃亮的直升機裡，它就停在跳樹競技場旁邊，「我不怕你們任何一個，」他大聲叫嚷著，同時啟動引擎。「我要占領神奇塔，不管那隻蠢老鷹是不是在那裡！」

直升機飛上天時，阿德把臉埋進小蘭的皮毛裡。

強力的大螺旋槳劇烈轉動著。薩貝勳指著螺旋槳。

「如果你們那隻老鷹給我帶來任何麻煩，她就得要對付這些螺旋槳。」他笑著說，「待會見啦，魯蛇們！」

他駕駛直升機，飛向潘蜜拉和神奇塔。

第十六章

喔哦

很幸運的是，潘蜜拉和趴踢烏鴉夏倫，終於成功製造出全世界最大的亮片發射砲。

「阿嗚嘎！」夏倫說。

「亮呀——亮呀——砰、砰、砰！」潘蜜拉點燃一支火柴。

發射大砲時，正好薩貝勳的直升機出現在她們面前。大砲把薩貝勳、直升機，還有裝得滿滿的亮片，送到銀河很遠很遠的角落。

哇！真沒想到
結果是這樣。

第十七章
瘋狂盛宴

　　「誰要更多甜麵包？」戴德斯在他的露營車外一張大桌子上，放下第二盤完美的巧克力泡芙。他整個星期都在烘焙。亮片大砲爆炸時，瘋狂森林和閃光森林之間的電網圍籬也被摧毀了，所以還有很多張嘴等著吃。晃頭四處忙著在馬克杯裡倒茶，分送檸檬汽水。他的哥哥們──莫第、傑若米、傑洛米、傑諾米都在幫忙他。

戴德斯和藹的對麥塔維說，「你們閃光森林的居民經歷過這麼多事情，我希望你知道，非常歡迎你們待在瘋狂森林，直到閃光森林恢復原狀。」

「我們不高雅，但是我們也不會有那些愚蠢的規定！」小柳一邊說，一邊挖鼻屎還吃掉它。

麥塔維抹抹他松鼠鼻子上的一滴眼淚。

「謝謝你，大鹿角市長，你對我們真好。瘋狂森林是個很棒、很好的地方，你應該感到自豪。」他說。

戴德斯笑開了，「現在沒有那隻討厭的狐狸，也許瘋狂森林跟閃光森林可以成為真正的好鄰居？」

麥塔維伸出手掌。「當然。」他說。

亮片大砲造成四面八方一片狼籍。但是大家都不在乎，因為它徹底拯救了那一天。

潘蜜拉看著薩貝勳的直升機被炸到外太空，

簡直樂翻了，從此以後，這件事就變成她廣播節目的主要話題。

戴德斯要送趴踢烏鴉夏倫一個蛋糕作為獎賞，口味任她挑選，所以她要求一個特大號的英式海綿蛋糕，讓她可以藏身在裡面，還能瞬間就跳出來。

同時，英格麗和查爾斯爵士還有一群呱呱叫的鴨子，還在水晶湖上撈除亮片。

「湖面很快就會恢復清澈美麗了。」查爾斯

爵士說，「但是，再怎麼美，也不會美過……你的眼睛。」

「少來了，查爾斯，」英格麗撈起一翅膀的亮片，「你啊，像個為愛昏頭的呆瓜。」

「我一直在想，你的劇團，我想重建它。雖然，我知道我有一張俊俏小生的臉孔，我還有一雙強壯鴨子的翅膀。親愛的，這樣好嗎？如果我要跟你一起住在瘋狂森林，我需要一個舞台！」查爾斯爵士說。

英格麗很快點個頭。

「很好啊，」她說，「如果你開心的話。」

不過查爾斯並不知道，他這番話讓英格麗樂得快暈過去了。

「晃頭，我欠你一個很大很大的道歉，」鼬獲莫第說，「傑若米、傑洛米、傑諾米也要跟你道歉。我們這些做哥哥的有夠爛，對吧？」

「沒錯！」傑若米、傑洛米、傑諾米都說。

「噢，沒關係啦。」晃頭說。

「不，有關係，」莫第說。「你對我們太好了，而我們完全當成那是應該的。來，我想送給你這個。」

他遞出一件紅色燈心絨破舊長褲。

「這件格子褲，帶給我好運。」莫第說。「至少你值得這個。」

晃頭十分慎重拿著那件舊褲子，給哥哥一個擁抱。

法蘭克棲息在一棵橡樹高高的枝幹上。

可汗醫師停在他旁邊。

「圖書館就在那些杉木旁邊。」可汗醫師向著一叢樹木那裡點個頭。

「圖書館！」法蘭克叫道，「我一直想去圖書館。」

「我最愛在那裡看報紙。」可汗醫師說，「有時候會聽爵士樂——當然是戴上耳機聽啦。」

法蘭克點點頭表示認同。「或許……或許我們可以一起聽音樂看書？當然，要完全安靜。」

可汗醫師點點頭。「我想那樣很好。過去這幾年，身邊都是一群白痴，我覺得很難受。」

「我也是。」法蘭克說。

戴德斯給大家吃了糕點、喝了茶，大家一起爬上小山，聚集在神奇塔四周。潘蜜拉和夏倫正在「瘋狂森林電台」主持現場廣播節目。

「**阿嗚嘎、阿嗚嘎！** 各位現在收聽的是潘潘

和夏夏所主持的節目，帶給你好聽的嘻哈、電
音、舞曲經典！**噢耶！**」

　　接著她們開始跳霹靂舞。

這個時候，美到極點的艾努絲卡站在一個破舊的箱子上。

　　「嗨，各位，」她輕輕撥弄吉他，「那麼，我們真的想大大感謝瘋狂森林的朋友們，你們好棒，謝謝。」

　　所有瘋狂森林的動物們都歡呼鼓掌。

　　「還有，我想說的是……噢，天哪，你們用過肥皂嗎？那是很好的發明，它可以讓你的毛不會像垃圾桶那樣臭。肥皂真的很棒。好了，這首歌，我想取名為『我的腳趾甲好漂亮』。」

　　阿德跑向小蘭，大大擁抱她。

　　「呃，」小蘭說，「你幹麼？」

　　阿德聳聳肩。「就是想抱抱你而已啊。」他說。

　　小蘭搓搓他的毛。

　　「你還好嗎？」她問。

　　阿德嘆了一口氣。

「我還好啦，姐姐。只是覺得自己像個呆瓜。
就是，關於薩先生。」

小蘭點點頭，「你喜歡他，對不對？」

「只有剛開始而已！」阿德說，「只是因
為⋯⋯他是大狐狸，而且他打扮得好好看⋯⋯」

「OK 啦，弟弟，」小蘭說，「我完全瞭解。沒關係的。」

這時，姐弟倆聽到笑聲，低頭一看，是麥塔維在溜冰鞋上滑過來。

「你們是很棒的狐狸，」麥塔維說，「你們的父母一定很以你們為榮。」

小蘭呆住了，但阿德微笑。

「我們的爸媽不在了，」他說，「他們把我們留在大城，然後就沒有回來。」

「噢，孩子，我很遺憾。」麥塔維看起來有點難過。

「沒關係，」阿德說，「我有小蘭。她是最棒的姐姐了。」

小蘭轉頭看旁邊，過了一會兒，她深呼吸說，「不過，我們會找到他們的。」

阿德十分震驚，看著小蘭。

「我們窩裡有幾個腳印，」小蘭補充說，「而

且我的腳印完全吻合其中一個。我得弄清楚到底那代表什麼意思。我得知道是誰把腳印留在那裡。」

「小蘭！」阿德叫道。

小蘭看著阿德，聳聳肩。「我沒有告訴你是因為，我不希望你太過興奮。」她說，「那可能不代表什麼。」

「你知道你應該去哪裡嗎？」麥塔維說，「圖書館。如果你想了解什麼事，圖書館是最好的開始。所有住過這裡的居民，名字都會被寫下來，放在某些地方。只要你知道去哪裡找。」

「真的嗎？」小蘭說。

麥塔維點點頭，「我很樂意幫忙。你救了我們，至少我可以這樣報答你。」

「是喔，好啊，」小蘭說，「那太好了。」

這時候，小柳和她的 345 個兄弟姐妹，騎著超小型腳踏車從山坡上溜下來。

　　「嗚咿——！」他們大叫著，
以相當危險的速度衝下山坡，那速度快
到肚皮都在抖。小柳的耳朵在風中不停拍
動，她一直笑、一直笑，笑到都流口水了。

　　「太陽出來了！」她叫道，「人生真是太美
好啦！」

　　真的是這樣沒錯。

親愛的爸爸媽媽，

發生了許多事，你們一定不會相信的！但是那都不重要了，因為小蘭決定，我們要找到你們。我真的希望能夠找到。你們住過瘋狂森林嗎？為什麼你們要力開我們？你們還活著嗎？我希望是。如果你們看到這封信，請回信告訴我們。我又畫了一張地圖，這樣你們就知道怎麼到這裡。現在你們應該收到好幾張地圖了吧。不管發生什麼事，我希望你們知道，我們真的很開心。

我們愛你們
阿德
小蘭

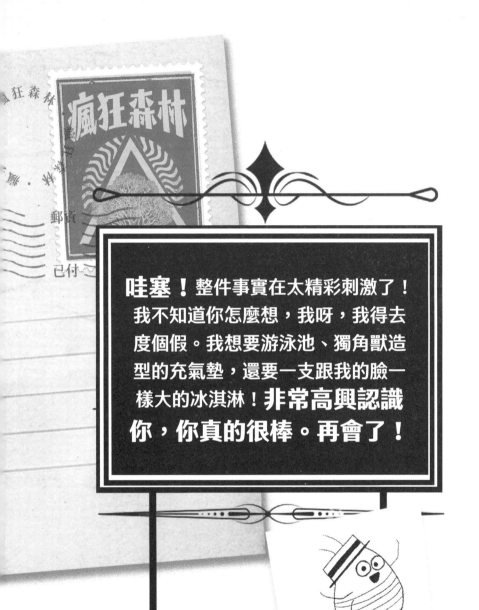

哇塞！整件事實在太精彩刺激了！我不知道你怎麼想，我呀，我得去度個假。我想要游泳池、獨角獸造型的充氣墊，還要一支跟我的臉一樣大的冰淇淋！非常高興認識你，你真的很棒。再會了！

歡迎光臨瘋狂森林 2：陌生訪客的陰謀

作繪／納迪亞・希琳 (Nadia Shireen)

譯者／周怡伶

社長／陳蕙慧　總編輯／陳怡璇　副總編輯／胡儀芬
責任編輯／胡儀芬　文字校對／莊富雅　美術設計／吳孟寰
行銷企畫／陳雅雯
出版／木馬文化事業股份有限公司
發行／遠足文化事業股份有限公司（讀書共和國出版集團）
地址／231 新北市新店區民權路 108-4 號 8 樓
電話／02-2218-1417
傳真／02-8667-1065
Email ／ service@bookrep.com.tw
郵撥帳號／19588272 木馬文化事業股份有限公司
客服專線／0800-2210-29
法律顧問／華洋法律事務所　蘇文生律師
印刷／漾格科技股份有限公司

定價／360 元
ISBN ／978-626-314-451-4
2023（民 112）年 7 月初版一刷
2024（民 113）年 2 月初版二刷

國家圖書館出版品預行編目 (CIP) 資料

歡迎光臨瘋狂森林 . 2, 陌生訪客的陰謀／納迪亞 . 希琳 (Nadia Shireen) 作繪；
周怡伶譯 . -- 初版 . -- 新北市：木馬文化事業股份有限公司出版：遠足文化事業
股份有限公司發行，民 112.07　256 面；　15x21 公分　譯自：Grimwood : let
the fur fly.　ISBN 978-626-314-451-4（平裝）

873.596　　112007760